熟成

65+1的生命趣向

何青蓉 著

推薦序

享受風雨，活出自在

很難得二〇二三年七月在政治大學碩士班同學自美國返臺的聚會中，青蓉教授提到二〇二四年一月要屆齡退休，並提及著作出版計畫，問我可不可以幫她寫序，因之前我已看過青蓉分享她寫的部落格，也就慨然答應了！

八月中旬收到本書的初稿，看過綱目與內容後，不禁驚訝，全書很有架構地敘說著她的生命故事！逐篇細讀品味之餘，喚起我許多的回憶與共鳴。心中頓覺後悔，答應太快了！也因公忙，感受到要完成序言的時間壓力，努力做好時間管理，終於全部閱讀完畢，可以來寫序言了！

青蓉大學就讀臺灣大學歷史系，畢業後曾在故宮博物院校註清史稿，之後在政治大學教育研究所有幸與她成為同學，她也曾是我碩一的室友。當時本班是九男五女班（諧音是酒男舞女班），在一九八五年碩一升碩二的暑假期間，大家很努力為前途而努力，準備考高普考與留學考試。我考上高普考後，因當時國家戲劇院和音樂廳工程緊鑼密鼓進行中，放榜半年多，很快就被通知到教育部社會教育司服務，負責自然科學博物館與海洋科學博物館規劃籌建業務。不久後，青蓉也來到社教司服務，我們成為同事，後來一起分工合作參與兩廳院的驗收工作。當時在忙碌的工作中，我們心中仍懷抱著想出國進修的夢想，學開車、考托福、提申請計畫，在充實忙碌中往理想邁進。

由於我身為家中老大，環境不允許，選擇繼續在教育部服務歷練，後來也在職進修完成博士學位；青蓉則努力克服困難，申請到美國威斯康辛大學就讀博士學位，同學們各自爬山，各自努力攀登一座座的山嶺，多位留學回國擔任大學教職。青蓉研究成人教育領域，回國後，在高雄師範大學成人教育研究所任教，我們又有機會可以在會議上交換意見。在人生旅途上，我和青蓉一直很有緣份，甚至有次去高雄開會後，在前往左營高鐵的路途中，都會不期而遇。

此書始於青蓉留學的艱辛與對於老師的念恩，並回顧父母的生養和教養歷程等心路歷程。其中留學期間，曾生病不敢告知家人，遇到同學送暖協助，並有成人教育界的學者指導，努力完成博士學位後，返國任教，這是一段刻骨銘心的歷程，她寫著「送一朵鬱金香給自己」來自我勉勵，真是不簡單！

回國後，青蓉在這三十年的教學、研究與服務推廣中，除認真投入教學研究外，也協助國立空中大學撰寫教科書，同時並將終身學習的態度落實在生活中，如學習畫畫、寫作、運動、攝影，並實踐環保永續生活，計算個人碳排放量、垃圾減量，並做廚餘回收等，生活饒富趣味，充實又多采多姿。

旅行是對天地間的閱讀，也是了解體驗多元文化的好機會，青蓉去緬甸、不丹及土耳其等地旅行，也探究該地的歷史文化，讓我們了解文化的發展脈絡。在國內，她也行萬里路，走過高屏舊鐵橋和生態濕地公園、四日登六座小百岳、走訪大稻埕，及台北植物園等，並放慢步調觀察生活平常中的美，發現公車亭的創意、圍牆美學、公園花草樹木之美等，讓我們也跟著她打開眼睛學習觀察生活裡美的事物。

青蓉在二〇〇〇年學佛之後，心境與生活方面有所改變，透過視訊上佛學課，也在線上加強練習口說英語，真是「處處是教室、時時可學習」的典範。她隨時在觀照與反思，在回顧與展望中，從二〇一七到二〇二二年由放鬆緊湊的腳步：〈打開格局中道行〉、〈平順中的堅持與突破〉、〈耐心學習放鬆心情〉、〈從「鬆」到「整」自在回家〉及〈從「寬」到「順」〉，看到她的心路歷程，真是給我很大的反省和啟發，收穫良多。

在人生的旅途中，接觸不同的人事物，欣賞旅途中的風景，也讓心流慢慢激盪自己的內心，青蓉以「熟成」來娓娓敘說自己的心路歷程，真是非常精彩！最後她以蘇東坡的《定風波》之「也無風雨也無晴」，展現豁達自在的人生態度，跳脫世俗的眼光，提到自己已出嫁了，嫁給一個更好的自己，我真想給青蓉一個大大的擁抱，令我很感動！

人生七十才開始，雖有生理年齡的法定限制要退休，青蓉的心理年齡卻是年輕的，充滿著好奇精神，她也已做好心理準備，要輕裝上路、誠懇面對老的到來，要老得優雅，好好過每一天！謝謝青蓉樂於分享她的心路歷程，也看到一位認真身體力行的成人教育學者，剖析她經歷的人生不同階段。看完後很開心能有這麼好的紀錄可供學習參考，這也是我的閱讀心得。最後也要向青蓉同學致敬，退休後要照顧好自己，快樂修行，享受黃金人生，也期待下一個歷程的分享！

教育部青年署署長

自序

熟成：65＋1的生命趣向

這本書是一位出生於嬰兒潮世代者熟成的心路之旅。

看著自己年歲日增，我沒有太多的驚慌，因為專長在成人教育與終身學習，大半輩子念茲在茲如何讓自己長成為成熟的個體，並將所學付諸實踐。

面對快速變遷的時代，無二法門是打開心胸吸收新知、擴展見聞！更由於深知任何東西要在心中起作用必定經過聞、思、修三步驟，在繁忙的大學教師生涯後期，我設法找空檔，一點一滴地記下對於工作與生活的反思。真的不能小看這書寫，流水帳記久了，竟然也淘得出金沙。逐漸地，比較有能力在生活中的喜怒哀樂裡安頓自己，也累積成為我面對老最佳的資本。

人從出生開始，自然就是個老化的過程，老不可怕，重要的是如何趣向它。面對老化每個人有各自的課題，為解決那些課題，的確需要很多的知識與技能，不過有句話說：思考決定觀念、觀念決定性格、性格決定命運。所以更需要穩住心情，用正面與積極的態度迎接生命的每個階段，而不是害怕、排斥，乃至到最後一刻捶胸頓足。

這本書提供了一些我在生活與工作中成長的心路歷程，共有三大篇，各自為：〈念恩—為有源頭活水來〉、〈生活—好雨知時節〉，及〈寬心—歸去，也無風雨也無晴〉，分別借用南宋理學家朱熹、唐代詩人杜甫，以及北宋文豪蘇東坡的詩詞表達我熟成的心情。

〈念恩〉篇含「尊長與同行」和「留美生活」兩個主題，即便到現在閱讀自己撰寫的這些文章，我都會落淚，感恩生命中有這麼多貴人。這並非自說自話，高雄市旗津國小楊勝任校長校對過這篇文稿後，回饋給我就是這點，驚訝於我竟然如此有福報。福報不能輕易虧損，學佛以後我漸次體會到這點，期許自己好好珍惜。

〈生活〉篇共有九個主題。第一個主題是「成人、關係與工作」，它們共同構成我生活的基礎，之後的主題反映我的生活的各個層面，包括：「繪畫」、「書寫」、「運動與休閒」、「旅行與多元文化」、「環保生活」、「生活美學」，以及「防疫生活」。第九個主題「回顧與展望」則為我近幾年的年度的總結。

〈寬心〉篇共有四個主題：「物我相望」、「身心安頓」、「生活自在」，以及「老！誠懇面對」，是本書中我最喜歡的篇章，我嘗試撰寫了一些小品詩作、分享生活態度，於忙碌的生活中安頓自己，並且真誠地面對自己年紀日增的事實。

本書對我而言不啻為贈送給自己六十五歲生命的一份厚禮。初發心只是想出版《熟成：大學教師真心話》，彙集了歷來撰寫的文章，發現內容無法收納於一本書當中，因此將部分文稿抽出，獨立成書，更彰顯人本來就是多面向的，大學教師只是我的一個角色身分，活得更自在寬心才是人生應有的趣向。何況己立立人，己達達人，出版分享給大眾也是略盡成人教育者的責任。

本書的出版要感謝許多人。在七月初的一次聚會中，教育部青年署陳雪玉署長一口答應幫忙寫推薦序，真的很感恩她在公務繁忙之際撥空，仔細閱讀我的初稿。在推薦序中，雪玉提到閱讀本書喚起她許多的回憶，閱讀她寫內容，何嘗不也喚起我諸多的回憶，我們果真有著一起長大的革命情誼。

自己校對總是有盲點，因此我請淑珍、繶靜、勝任，及翠菁等人協助校稿。淑珍曾經當過國中國文教師，且長年參加讀書會，有她校稿我大可放心。繶靜校稿之餘在旁邊寫起閱讀心得，讓本書未出版就得到回饋。七月的某天勝任與我不期而遇，就這樣被我邀來校稿，之後還特別找時間來我家，逐一解釋她校閱之處。在一次聚會中翠菁提到再三閱讀我的網誌，感受到她對我文章的喜愛，於是我大膽也邀請她來校稿。非常謝謝她們大力協助！

還是要感謝麗文文化事業協助出版，尤其是編輯李麗娟小姐，悉心與我討論出版的每一個細節，讓這本書更能彰顯它的特色，且與《熟成：大學教師真心話》相得益彰，成為套書。

每個人都希望成為成熟的個體，每個人都在經歷老，遲早都需面對老這件事情。這本書雖然不是一本教人如何面對老化的技術性書籍，卻是一本誠懇面對六十五歲人生的書，讀者可以隨興閱讀，從中體會人成熟這回事，反觀自己，找到生命繼續前行的動力。總是期待每個人活出的人生不止於生理定義的年齡，所以即便六十五歲也要多一點點內涵，分享給大家這段旅程，讓我們對於生活與生命總是有多一些的想像與期待！

何青蓉

於高雄師大成教所

目次

生活—好雨知時節

成人、關係與工作

繪畫

書寫

防疫生活

回顧與展望

寬心——歸去！也無風雨也無晴

物我相望

念恩

為有源頭活水來

半畝方塘一鑑開，天光雲影共徘徊。
問渠那得清如許？為有源頭活水來。

——朱熹〈觀書有感〉

尊長與同行

父親的身教

父親是愛物惜福的人，記憶裡沒見過他為自己買過幾件衣服，但燙衣服技術可是一流的。即便是褪色的衣物，過他手總煥發出光采。十一歲，父親才有機會上小學，拎著鞋子光腳丫，從陽明山走去士林國小上學。或許是那分對鞋子的情感，很小他就教我們如何擦亮皮鞋。第一道先用抹布除去灰塵，第二道上鞋油，再用微溼的抹布推勻。最後，用另一塊布抹去殘留的鞋油，拋光鞋面。

農家出身的父親墾山之餘，很會做捏麵人，只可惜我沒見過。然而隨手抓起三根細線往大腿一搓，堅實繩子瞬間絞成，可是真實不虛。父親的手藝讓我小學的勞作總得第一。幾根筷子綁成椅子不稀奇，但是用慢火烤彎，變成搖椅的底座就是功夫。

小時候父親經常出差，稍大之後才知道養四個小孩不容易，出差可多掙點錢。父親在電信局長途電話工程總隊做事，那年頭電話是有線的，他的工作是上山下地鋪設纜線，從北到南、本島到金門。記得高中聯考時，作文題目是「推動搖籃的手」，當時不知如何下筆。現在想來，就是父親百變的雙手，從拉電纜、種菜、養雞、修復器物，到隨手變出玩具。

三十年前，我決定出國讀書，父親的擔心擱在心坎。看我每天關在房間練習英文，有天突然遞給我一臺雙卡語言學習機。那機器我之前見都沒見過，真不知他從哪裡打聽買來的。出國前，我買了個行李箱，看到之後要我拿回店裡換，只是淡淡地說：那行李箱太大了，妳提不動。

回國後到高雄工作，第三年父親給我頭期款買房子和車子。有天聽我描述開車的情況，搖著頭一副我開車技術太差。當時我還很生氣，心想這麼不信任我。殊不知，年近四十的女兒還是讓他擔心。

父親話不多，家中大小事情都是由母親決定的。直到後來，我才體會到原來他深知否決權不能隨便亂用。一直身體力行「以和為貴」，但不是和稀泥。也因為如此，幾乎沒見過個性迥異的父母親吵架。這幾年我常想自己如果有一點節儉與勤奮的習性，那必定是從父親那裡學來的，謝謝父親一生默默的示範！

二〇一八・八・八

母親的身影

醬瓜豆乳自醃製，水餃包子是家常。
過節時分粽飄香，年糕甜鹹任君挑。
隔夜飯盛便當裡，晨煮青菜煎荷包。
分別放涼陽臺上，忙取飯盒忘蛋包。
擦洗拖地莫干擾，教誡小腳縮椅上。
煮飯花開（註）嗓門拉，召回大夥洗澡去。
依偎胳膊過馬路，就似老鷹抓小雞。
身材壯碩臉豐潤，旗袍穿來媒婆當。
客廳雖小變工廠，心細眼明又手快。
刺繡織衣無不成，分分角角默默攢。
颱風水來力氣大，家具瞬間即架高。
水退力竭不厭煩，就怕颱風接連到。
好客慷慨人皆知，下班引伴到家裡。
菜餚桌滿心歡喜，念念待客不周到。
離鄉背井特相思，友寄食物超感動。
問君何故有此舉，只因母親曾如此。

二〇一八・五・一三

註：煮飯花中文名稱「紫茉莉」。花香有點像茉莉，且花色大多為紫紅色，所以被稱為紫茉莉；花朵盛開的時候正是人們準備晚餐的時間，因此也被稱為「煮飯花」。

髮夾帶路憶念母親

浴帽用久了鬆緊帶鬆脫，前天終於挪出空閒為它換條鬆緊帶。原本以為抽屜裡的線材中有鬆緊帶，翻箱倒櫃只找到兩段殘帶，真是走運，將它們縫接在一起正好夠用。

於是我開始拆浴帽邊緣的縫線，設法鬆開一小缺口，抽出舊的鬆緊帶。此刻，腦海中浮現母親拆解、修改衣物勤勉的身影。拆線究竟用剪刀、刀片或者小鑽子則不一定，要看衣物的材質。這回我是用小鑽子先挑出縫線，之後用剪刀剪斷，這樣不傷浴帽原來的車邊。

從鬆開的小缺口取出鬆垮的舊帶，之後怎麼平穩穿入新的鬆緊帶？不假思索，我去臥室找了一根黑色髮夾勾住鬆緊帶，讓它帶路，既不會迷路又不會塞在摺縫裡。好不容易，鬆緊帶兩端透出頭來，趕緊將它們縫在一起，之後縫合缺口。

大功告成？！拿起來戴才發現：高興得太早，鬆緊帶兩端相見歡時，正反錯置。只得拆掉全部重新來過，正好再練習一次生疏已久的縫工。

一不作二不休，縫完浴帽正好順手整理家當。「乞丐過溪行李多」（臺語），媽媽以前常常如此唸我，盤點下來，積累的縫紉家當可不少：六、七隻縫衣針；多捲色彩繽紛的縫衣線；各式各樣的扣子霸佔一方；拉鍊、別針、碎布及裙鉤，加起來數量也挺可觀；兩把剪刀，其中一把是媽媽的遺物，抽出一看，只是怎麼生鏽了？捲尺、角尺、曲線版，及畫線粉餅，都是二十多年前搬入這房子時購買電動縫衣機時一併買來的，當時認為縫衣機是成家立業的必備家當，但都塵封好久了。

小時候，身上的衣物都是節儉的媽媽巧手縫製而成的，在那物質匱乏的年代，連內衣褲也是媽媽用美援的麵粉袋改製來的。我多少也因此會踩舊式的縫紉機，只是常常把車針弄斷、搞得車輪皮帶脫軌。最後一次使用媽媽的縫紉機該有四十年了吧？清楚記得那天我縫製了一個抱枕，媽媽還從廚房探頭過來看我做得如何？不好意思！經常讓她為我收拾殘局。

收拾眼前的大大小小縫紉家當，將它們仔細分類，這點我倒是很在行，是學校教的。這才發現鐵盒裡躺著一根有點生鏽的髮夾，見證換鬆緊帶用髮夾帶路準沒錯，難怪從小我的家事課成績特別好，感謝媽媽的身教！

二〇二二・一・二九

生命的支撐—感恩王淑慧老師

那年我剛升上國中三年級，學校重新編班，我被編入三年一班，是全校學業成績最好的一班。在國二以前我的成績都是全班第一名，可以想見之後我的學習會遭遇多大的適應問題。第一次珠算考試我只有五十分不到，拿到成績，我當場抱頭痛哭。接下來其他學科，用我過去的標準來看，也沒好到哪裡。於是我變成有點自閉，老師問我話，我都說：不知道！

王淑慧老師剛從臺灣師大地理系畢業，是我們班的科任老師，上課非常認真，經常自己刻鋼板，撰寫講義給我們，我的學習情況很快地也被觀察細微的王老師注意到。幾次找我去辦公室關懷之後，王老師開始寫信給我，並買參考書送我，我也學著回信給她。這樣的往返寫信持續，至少寫到大三。

在信中，王老師總是肯定我、給我信心，並鼓勵我「心情有變化，讀書有挫折，不妨主動來導師室談談，好嗎？妳們忙，沒時間找妳們（尤其是妳），但無日不在念中。關懷之情，不盡言詞。」這是國三那年五月三十一日王老師看到我某一次考試後神色黯淡寫的信，信中還提到「妳的才華，妳的能力，使老師比任何人更有信心去預測妳的成功，只是希望妳捱得下去，忍受得下這些教訓」。「信心」兩字旁還加了兩個圈圈的註記。

王老師是保釣運動世代的知識分子，博學多聞、憂國憂民。據她說，考大學時猶豫了一下，沒填歷史系當第一志願，然而歷史系永遠是她的最愛。在王老師的帶領下，我們這一群小孩開始海闊天空地認識這個世界。她借我們鹿橋的《人子》、《未央歌》，還有金庸小說等。週末帶我們去植物園、歷史博物館參觀，並去淡海遊玩。大考前，帶我們去臺大、臺師大，並告訴我們：那是我們未來要讀的學校。

永遠記得，王老師勉勵我們要「動如脫兔、靜如處子」、「放眼天下、心存故國」。在那懵懂的歲月裡，生命因為王老師的引領而有了方向。高中升大學那年五月九日，我們幾個同學去拜訪她，暢談理想，隔天馬上收到她的來信。「不讀大學，妳的眼界無法開闊，不讀理想的大學，妳的才情無法發揮，這是我指導妳的原則和方向。歷史系令我嚮往，我希望妳們為往聖繼絕學，我知道，傳遞這一盞爝火，需要最專注的感情和耐心，如果妳沒有，誰又能呢？」「理想」和「感情」二詞旁又慎重地加註了圈圈。

走過人生大半歲月，再度細讀師恩，信件雖已泛黃，王老師身影鮮明浮現，越發體會生命因為有好的老師而得到支撐的可貴。對於這段深恩，除了效學，無以回報。謹在九月即將開學之際向王老師說一聲：教師節快樂！

二〇一五．九．五

傳承讀書做劄記—感恩臺大歷史系老師們

教書二十多年，和學生的年齡差距越來越大。也真的發現：不管師生多努力相互靠近，有些社會文化脈絡所致之世代差距，就是明顯地擺在那裡。

讀書做筆記就是一例。猶記得大三時，明史老師徐泓教授規定學生們每讀一篇文章就要練習撰寫摘要，當時是寫在有格子的稿紙上，還規定字數是全文的百分之多少（數字我忘了），總之要能提綱挈領找到重點。記得那門課我寫了二十多篇摘要，成績中上，成績最好的學弟據說寫了四十篇左右的摘要。

歷史系的訓練強調閱讀第一手資料，學習將筆記分門別類。那個年代沒有影印機，所有的資料都是用手抄的。抄寫在印有橫線的活頁卡片上，卡片的四角左右上角有格子可以作為編目之用。從那時起，我養成讀書寫筆記並將之分門別類的習慣。

使用電腦後，延續過去的習慣，每讀一篇文章我都盡量摘記重點和心得，將之分門別類存成電子檔並列印出來；書面資料也是用同樣的分類方式建檔，依照檔名筆畫順序排列存放。每篇摘要第一行，我一定用 APA 格式（註）將該篇摘要的出處寫在上頭。每篇的檔名置於頁首的右上角，以利翻閱；檔名係用作者名加上年代，如：何某某二〇一七，並在下面插入日期，以利辨識。

因為使用電腦建檔的緣故，每次有任何想法，不但可以隨時更新單篇筆記的內容，而且利於針對過去所閱讀的各篇文章做一綜合歸納整理，不需要從頭研讀期刊或書籍。閱讀第一手資料，自然嫻熟某些作者的理路，學習分類漸次建立自己的思考體系。並且，後續撰寫文章時，可直接從各篇筆記中選取繕打完成的文字和參考書目，一點也不做白工。

此外，由於分類與檔案命名清晰，為教學或研究重新閱讀翻閱書面資料，繼之找到電子檔更是方便。如此一來，無論是教學、研究或撰寫文章，較不會呈現書到用時方恨少的狀況，當然桌上也相對清爽。

最近上課時和學生們分享到這做法，發現大部分的人都是聞所未聞，才突然體悟到這小小習慣的養成是多麼珍貴。沒有當年老師們的要求，就沒有這習慣，感恩當年臺大歷史系老師們的教導，更期盼將老師們給我的這份禮物傳承下去！

二〇一七・六・二六

註：APA 格式是美國心理學會發展出的論文寫作格式，目前廣為國內人文社會科學界採用。

美好的教育部社教司三科歲月—感恩楊國賜司長暨同仁

三十年過去了，始終沒有適當的機會表達謝意，很開心在昨天楊國賜教授八十大壽的晚宴上，公開表達對他深切地感恩之意。那年我在教育部社會教育司（即目前的終身教育司）擔任小科員，六月中旬小偷偷走我一大筆公款，數字有多大？全部積蓄賠不盡。當時我已經申請到美國學校準備出國留學，總不能一走了之，留學之事因此延緩了半年。楊司長知道此事後，簽了一張五百元美金支票給我，並且從臺灣師大借了幾本書給我，其中有一本是我隨後在美國修課的教科書，這事情不知道他是否記得，然而我銘記在心。有德之人必有福報，八十大壽自是當然。

在此感謝楊司長之餘，要一併謝謝當年社教司三科的伙伴，玟玟陪我度過那段創傷症後期，每天下班陪我走路回家、一起用餐。丁熒、雪玉、明昭，還有昌裕等，滿滿的革命情感。

解嚴前後我們這一科應該是教育部數一數二忙碌的單位，為了驗收國家戲劇院與音樂廳，開幕那半年不知有多少日子，我們總要在兩廳院節目散場後仍待在後臺和表演單位座談，蒐集回饋改善意見。記憶猶新兩廳院開幕那天全科沒有一個人有吃晚餐。整個主、客觀測試驗收工作經歷大半年，終於圓滿落幕，要謝謝陳益興科長操盤領導，我從他身上學到很多。

談到陳科長，更要謝謝他！有一天我突然在辦公室昏倒，血氧急遽下降、差點沒命，當天教育部電梯正在維修，科長揹我從三樓一步一步下樓，之後火速用榮工處的車送我去對門臺大醫院急診。

話說回來，當年失竊公款雖讓我延遲了半年出國讀書，但禍福相倚真的難以評斷。何進財專門委員疼惜我，介紹我去國立空中大學兼課，在同事的建議下我順便取得講師證書，沒料到那張證書後來竟協助我跨過高雄師大研究所教書的入門檻。談到何委員，真的要謝謝他和他的夫人，出國前夕打了毛衣背心給我，還編織了一大盒的中國結給我，讓我用以送給美國的師友。離職前，司裡的同仁送了電鍋、毛線襪，這些點點滴滴銘記心頭。謝謝司長和老同事們，給了我美好的社教司三科歲月，在此向您們致敬！

二〇一九．九．二七

當個好的成人教育者—感謝艾倫・諾克斯博士的示範

那年元月初，我提了兩箱行李去美國留學。據說位於五大湖邊與加拿大交界的威斯康辛州（Wisconsin）很遠、很冷，老實說我還真搞不清楚要去的是個怎樣的地方？冰天雪地之外，萬物枯槁，那是我對麥迪遜（Madison）的第一印象，不過事實並非從表面上可以看得出來的。

第二天，我拿了入學許可去拜訪信函上的指導教授—諾克斯（A. Knox）博士，眼前是一位看起來有點嚴肅的長者，講話不疾不徐，非常有耐心。後來我才知道，諾克斯博士收過許多國際學生，練就一身揣摩各式英語的功夫，所以雖然我說了一口破英語—分不清男和女、現在和過去，他還是能理解我究竟在說些什麼。

第一次談話之後，諾克斯博士知道我對博物館有興趣，馬上介紹我認識瑪瑞蓮・赫斯特（Marilyn Hurst），一位對博物館非常有研究的學姐，並且帶我去見學校的艾爾文美術館（Elvehjem Museum of Art）教育部門主管。此後，我開始在那美術館中學習，參加訓練擔任義務解說員，並且在瑪瑞蓮的引導下，開展了關於博物館和學校所在的威斯康辛州豐富的學習之旅。

諾克斯博士是美國成人教育界著名的學者，當時擔任許多成人教育重要書籍和期刊的主編，同學們都稱呼他是「會走路的百科全書」。每次和諾克斯博士談話，他總會沿著我的想法給我一些啟發，之後從書架上挑出一疊書讓我抱回去讀。因為常向他借書，我注意到他的書有許多複本，畢業時大膽地向他索取，還帶了一大箱的書回國，後來大部分都捐贈給高雄師大了。

其實諾克斯博士早年是學藝術的，讀碩士時因為去美術館教民眾繪畫，才進入成人教育領域。

他的研究室牆上總會掛著不定期地更換的畫作。諾克斯博士擅長於描繪美國中西部的湖光山色，有印象派的風格，光影流動又稍寫實。因為我也熱愛繪畫，有時會表達一些對於他畫作的看法，這讓我們師徒的談話變得很有趣。記得有次我問他對於我論文中導覽手冊的看法？諾克斯博士反問我：妳要聽教育者或藝術家的想法？談到繪畫部分時，他的眼睛發亮，好令人感動。

說到感動，最刻骨銘心的是在我博士論文寫作的後期，十一月份天寒地凍，一通電話，諾克斯博士馬上駕著老爺車準時到我的住處樓下，送來剛烘焙過的論文章節，取走才成形的論文初胚，讓我室友不禁欣羨地說：他是從天堂來送披薩的人。雖然畢業返國時，麥迪遜大雪依然紛飛，但那裡有恩師在，寒冷與枯槁自然褪去，生命蓄勢待發。感恩諾克斯博士誠摯又熱切地示範給我成人教育學者的風範！

二〇一五・九・一一

確立工作哲學—感恩艾伯斯博士的教導

在我求學過程中，有幾門課影響我很深，其中一門是艾伯斯（J. Apps）博士的成人教育哲學。談到哲學，許多人都覺得很沈重，尚未修這門課之前我也如是認為。不過，上完他的課，我非但喜歡上哲學，而且深深覺得它無比重要，這都因為艾伯斯博士將哲學教得扣人心弦！

修艾伯斯博士的課，每堂課前當然必須做一些閱讀，不過並非讀一些某某主義之類的論文，更不是讀一些玄之又玄的文字，而是閱讀一些討論教育的基本元素，如學生、教師及教育目的等主題的文章。上課時艾伯斯博士會針對那些文章提到的概念引導大家思維和討論。

艾伯斯博士非常擅長用比喻引導學生思維。記得有次我們討論到「老師」，有同學用「蚊子」比喻他的老師，相較於我以「月亮」作為譬喻，那可真是截然不同。還有一次上課，艾伯斯博士隨手帶來幾袋辦公室的文具，要同學們動手做勞作，在小組內討論後，將腦海裡的「教育」呈現出來。記得我們那組剪貼了教堂、學校及圖書館等，將之拼湊在一起。隔壁那組則是將迴紋針撥開，串成螺旋狀的立體造型，向上伸展。之後，全班展開了一場熱烈的對話。

後來我才知道原來艾伯斯博士擅長於觀念分析哲學，將上課的重點放在協助學生釐清腦袋裡各種紛亂的概念。所以我們的期末報告不是寫一些與個人無關的論文，而是撰寫一篇「個人的工作哲學／信念」，那是我當學生唯一一次未能按時繳交的作業。美國有一種評分叫「未完成」（incomplete），可讓學生有彈性地延後完成作業。因為還沒釐清思緒，加上草率地繳交作業不符我的工作哲學，所以未能如期繳交，終於有一天我完成了，也得到很好的成績。這篇作業讓我一直受用到現在，能夠較有自覺地從事教育工作，真的，多花一點時間思維是值得的！

艾伯斯博士還是我博士論文口試委員。我的論文題目是關於美術館導覽手冊效能的評估。口試一開始，艾伯斯博士這位哲學家開宗明義挑戰我的立場。他說：你們這些教育工作者真的很麻煩。我好好地欣賞畫作，你們卻要我閱讀導覽手冊，這不是在妨礙我嗎？這問題非同小可，如果我無法回答這問題，那導覽手冊豈不就毫無價值了嗎？幸好，我很鎮定地回答：給觀眾一把可折疊的童軍椅，在不退讓教育者的立場，我換個方式代觀眾著想，設法讓他們能在展場多留一點時間，於是我過關了。從那一刻起，在整場口試中，委員們將我奉為專家。感恩艾伯斯博士教我確立個人的工作哲學，得以不棄守工作崗位。

二〇一五・九・一九

善意永遠超過語言的界線—感恩瑪瑞蓮・赫斯特

初去美國留學遇到諸多的困難，然而也遇到許多貴人，博士班學姐瑪瑞蓮・赫斯特（Marilyn Hurst）是第一位。當時，光是寫一篇作業我就遇到三個難題—打字、使用電腦，及英文寫作。第一年的春假，與我媽年紀不相上下的瑪瑞蓮借我一臺打字機和一本打字練習本。據說那臺打字機在我出生之前就已經出廠，而那練習本則是十九末世紀的產物，我的美國同學知道後如是笑我。四月初湖面冰破、大地春回，就在一週之內，樹花紛紛綻放、迅速落地，接著枝頭新綠競相抽長。那些情景在我打字技術尚未純熟之前全部上演完畢，當然我也通通錯過。春假結束，鍵盤上英文字母位置我練得還算純熟，只除了最上面一排的阿拉伯數字，到現在還是打字上的遺憾。

話說回來，練習打字和英文還是要有許多條件的配合。瑪瑞蓮深知這點，借我打字機同時還送我一疊信紙，並附上貼了郵票、寫好住址的信封，意思是要我寫信給她，順便教我英文寫作。不僅如此，在她的引領下，我認識學校的艾爾文美術館，在那裡擔任義務解說員，並以該館的義工訓練、導覽方案及觀眾學習等為對象，完成各種作業，以及最後的博士論文。

瑪瑞蓮是學校地質博物館的解說員，經她解說，我認識到威斯康辛州原是古早冰河退去的地質。我們去了附近的新格拉魯斯（New Glarus），一個瑞士移民的小鎮，也曾去威斯康辛最大的城市—密爾瓦基（Milwaukee），在中世紀城堡般的餐廳中享用德國大餐，認識城市的移民文化，並且參訪後來成為我的最愛之一的密爾瓦基藝術中心（Milwaukee Art Center）。瑪瑞蓮引介給我的，當然不只這些，重點不是我們去了哪裡，而是我開始有了機會認識在地文化，遠遠超過鍵盤所能敲出的字句。

老實講，跟瑪瑞蓮在一起的時候，我常處於似懂非懂的狀態當中。然而善體人意的她總會放慢速度、多講兩遍。直到現在，我還是沒能完全學會她教給我的種種，但是瑪瑞蓮表達出的善意，絕對是超越語言的界線，任何人都懂得的，對於人生地不熟者而言，格外難得，至為感恩。

二〇一六・二・二

多元文化的啓蒙—感謝蘿瑞

元月的美國大雪紛飛，開學第一堂課下課，同學蘿瑞（Laurie）跑來向我表示，如果我需要幫忙的話，她可以幫我。之後留下電話，約我一起去喝茶。在街角的咖啡店，蘿瑞體貼地問：你們東方人喝茶吧？推薦給我她最喜歡的薄荷茶。二十多年前的臺灣並沒有什麼花果茶，我能感知的茶僅止於烏龍、鐵觀音及香片。

印象中薄荷是涼的，涼的薄荷變成滾燙的茶，入口的當下，我皺了一下眉頭。此後，薄荷茶再也沒有出現在我與蘿瑞的面前。事隔這麼多年，反倒是想念蘿瑞時，我會去沖泡一杯薄荷茶來喝。

去年我去美國拜訪蘿瑞，她提到一則我早就遺忘的事情。她說，當年她送我一把傘，我給她了一個銅板，解除了「離散」的尷尬。其實就我們之間，文化接觸表錯情的事情，真的還不只那一件。

有一天，蘿瑞興沖沖地送我一大包幸運籤語餅（fortune cookie），她說好不容易買來，可讓我解鄉愁，我啼笑皆非地說：在臺灣我從來沒吃過幸運籤語餅。於是兩人合力，將整大包的餅一個個剝開，取出籤語，玩賞了起來。事隔沒幾天，好學的她跑來告訴我，幸運籤語餅竟然是在美國加州發明的。這下子我們兩人都又多認識了一點彼此的文化。

跟蘿瑞在一起，我真的學到很多東西。有一回她陪我去租房子。那房子看起來還不錯，可是談著談著，蘿瑞很嚴肅地建議我，不要租那房子。我問：為什麼？她說：那房東講話時只對著她，蘿瑞用了一個字：patronize，意思是那房東待你像小孩一般，像在施捨你。

還有一次，蘿瑞和她身高一八〇公分的先生與我一起去芝加哥科學工藝博物館參觀。買完票，蘿瑞很緊張地跑來說，要我不要生氣。因為賣票的小姐給她兩張大人票，一張小孩票。從外表看，美國人就是無法辨別東方人的年齡。老實講，我一點也沒生氣，窮留學生能省則省，何樂而不為。然而，從蘿瑞慎重其事的神情中，我反而體會到美國文化中對於個人主體性的重視。

在美國留學那些年，多元文化的學習就在生活點滴當中產生。面對人、面對情境，因為有差異產生了對比，回頭更認識自己，看到自己生命所植基的文化，在耳濡目染間竟是那麼深刻地影響著自己。就像明知道所有的美國同學都直呼我指導教授名字，我卻堅持尊稱他諾克斯博士。

美國人對於個人主體性的重視與中華文化尊師重道的觀念儘管不同，只要打開心胸、用心觀察就可體會，兩者的共通點就在於對人的「尊重」。更因為彼此之間真摯的互動，尊重與包容就在其中，感謝蘿瑞那些年教我的種種。

二〇一五．五．九

多元文化歷久彌新—感謝蘿瑞

眼前這不起眼的馬克杯已經超過三十歲了，它很堅固，跟著我從美國麥迪遜到臺灣高雄，正確地說，它來自美國愛荷華州的一個挪威移民小鎮，鎮名我已不記得。那是我去美國留學的第二年春假，蘿瑞邀請我去她先生的姨媽家度假而來的。

四月初美國中西部雪方融，車往南行，一路初春的翠綠。愛荷華是美國中西部的大穀倉，常被留學生笑稱：那個只有豬和玉米的地方。不過當時玉米田還一片寂靜，怎麼說呢？路上蘿瑞提到，她小時候最喜歡在玉米抽芽成長的晚上躲到玉米田裡，聆聽廣闊無垠玉米抽穗的聲音，她很正經地說：真的，玉米是會說話的！還順道教我路旁的圓形穀倉叫做：silo，我第一次學到穀倉—barn 和 silo 不同之處。

沿途許多人家門口樹上彩蛋繽紛飛舞，原來那是復活節的習俗。蘿瑞和她先生朗（Ron）邊開車竟然邊玩遊戲，比較誰先看到彩蛋樹就得一分，談笑中路程過了一大半。長途跋涉總要在加油站休息喝水，蘿瑞為我點了一杯根汁啤酒（Root Beer），喝起來就像黑松沙士，並介紹說它是草本的且不含酒精成分。此外，還順手買了一本百科全書之類的問答小冊，內含各式各樣的問題，如世界最大洲是哪一洲、最大洋是哪一個之類的。稍後蘿瑞解釋，朗喜歡回答電視轉輪遊戲節目的問題，可以想見接下來一路開車絕無冷場，變成各種常識問答之旅。

話說啟程時，我注意到隨意穿著的蘿瑞後座車窗旁掛了一件套裝，那時心想：慘了，我似乎太過輕率，不知道拜訪親友要著正式衣服。蘿瑞告以那是隔天上教堂用的。那更慘！這下我失禮了！蘿瑞趕忙安慰我說：沒關係，妳不是教徒，上帝不會計較的。

總之，隔天早上懷著緊張的心情生平我第一次上教堂，真的，這一大家子包括外婆、公公、婆婆、阿姨、表哥、表妹，以及蘿瑞夫妻全部穿戴整齊，除了我。過程中牧師說了什麼？大部分我都聽不懂，突然蘿瑞輕聲問我：妳得上帝救了嗎？記得很清楚我回答說：是妳救了我。現在想起來應是：妳教給我許多。

這就要提到當我們抵達阿姨家時的文化震撼。當天我們被安排住到隔壁鄰居的房子裡，那家人外出旅行去了，借出房子給我們已經夠大方，所有床單全部燙洗過，宛如住度假別墅，用具一應俱全。晚上蘿瑞等一家人飯後圍在客廳玩遊戲，每個人寫下一則事情放在籤筒，讓在場的人抽籤循線索問答，一個簡單的遊戲讓家人因而更能相互認識。

隔天上完教堂回來，在備餐空檔，阿姨教我們再利用廚房餐紙的軸心，貼上各種顏色紙，剪裁製成餐巾環，其他的人則翻箱倒櫃，找彩蛋，據說那是復活節的習俗。當時我心想：如果家裡平常沒整理，這下可糗大了。午後我們逛了小鎮，蘿瑞買了眼前這個馬克杯送我，上面飄著挪威國旗，寫著 God Dag（哈囉）、God Morgen（早安）及歷久彌新的 Mange Takk（謝謝），非常感恩蘿瑞送我的這場多元文化之旅。

二〇二二・三・一三

一路跌跌撞撞—謝謝學生們的幫助

教師節又到了，回想教書這些年，一路跌跌撞撞，還真要感謝我的學生們！

猶記得第一次踏入高雄師大一四〇一教室，迎面而來一雙雙懷疑的眼光，我清湯掛麵，學生大有來頭，在教育界少說服務十來年。在搞不清楚狀況下，我開始了和學生比賽讀書的日子。沒教書經驗，只會讀書，學生苦，我也沒好到哪裡去。暑假很快到來，有位學生好心教我：讀點金庸小說，練練中文吧！

隻身在高雄立業，買房子是學生替我去殺價的，家具也是學生陪我去買的，並且有駕照不會開車，是學生借車給我，陪我在校園練車的。初任教師的那幾年，和學生們一起吃飯、看電影、聽音樂會，始終沒學會他們特別愛的卡拉OK，不過倒是一起去過許多歡唱店。校慶時邀導生到家裡聊天、聚餐，記得有一次我預先烤了蛋糕，之後大家學作蛋糕，那次總共烤了三個蛋糕。

儘管如此，十多年前學生們用「婆婆」稱呼我，用「媽媽」稱呼所上另外一位同仁，相較之下就知道我在他們心中的形象。此外，有學生還比喻我是「小時候那種黑板，上面寫著中心德目」。學佛後，校外朋友傳來學生說我改變很大，我親自聽到的說法是：「老師去修行後，我們變得比較快樂。」

幾次當掉學生心情都很不好。有一回，我找學生來談抄襲問題，才發現我們的角度有些落差。之後，我試著瞭解學生的狀況，從他們的角度思考，學習耐心以對。早些年曾經期待學生和我一樣從事學術研究，這些年我務實地轉向，不想從事學術研究沒關係，擺正生命更重要。從事研究其實就是學習如何觀察思考的歷程，在宗旨不變之下，我鋪臺階給學生上，無法一步到位，那就多走二、三個臺階吧！

不敢想像二十多年就這麼一閃而過。但是，仔細倒帶定格發現：沒有這些學生就沒有今日的我。表面上我是出考題的老師，然而在一次次的遭逢中，學生們出招考我。問我過關了沒有？尚未分曉。不過，至少我還一直在學習拆招。謝謝學生們幫助我成長，有你們真好！教師節快樂！

二〇一七・九・二八

黃金歲月的挑戰—感恩學生們成就我

今天是感恩節，希望天天是感恩節，絕對不是因為火雞大餐。昨天上課重讀當年撰寫的教學實踐文章，一幕幕教學經驗浮起。突然很感恩我的學生們，在生命的黃金歲月挑戰我、成就我。

有位學生在校時與我關係不怎麼樣，哪知畢業後經歷生命的一些曲折，寫了一封信給我。最初我僅是禮貌性地回信，之後她將我當作訴苦的對象，乃至逢年過節會寫信來問安。這下我才驚覺不經意的幾句話對學生產生的影響。

曾經因為學生作業抄襲，我內傷、當掉學生、找學生來問、揣摩他們的想法，更不只一次改變作業評量方式，當年的傷痕結晶成為現在課程設計的一部分。如果沒有那些挑戰，我或許還沈醉在自以為是的狀態當中。

學生上課有一百種理由沒有預習，生氣是沒有用的。怎麼辦？簡單調查一下，不嚴重，就分組討論，用團體的力量把學生帶上來；嚴重時，當下挪出時間給全班閱讀，那時段正好拿來設計教學活動。目標是讓學生學會，不用跟自己或學生過意不去。

使用鉛筆批改學生論文的習慣仍在，不過可以確定火氣少了很多。從打大叉、潦草寫下評語後又擦掉，到現在字跡雖然還是淩亂，但至少可以在寫滿整頁的評語之後，給學生幾句鼓勵的話。跟學生討論時，雖然心底的煩惱直直冒出但會耐著性子，口說：同學之間要相互回饋，甲同學表示一下你對乙同學論文的看法。讓自己煩惱暫時不再增長。

最高興的是經歷這麼多年，竟然有餘裕反觀自己是怎麼教學的，看到自己成長，逐漸長出的自信與教學模式。當有人提起學生一年比一年難教時，我會回說：還好吧，我的學生還不錯呢！最近，甚至興起將教學模式整理出來的念頭。感恩二十多年來的學生，或許我記不起你們每個人的名字，但你們的成就是貨真價實的，再次謝謝你們！

二〇一九．一一．二八

活了一甲子—感恩眾多師友的成全

感恩爸媽生我養我，給我健全的身體和良好的教育。沒仔細想，還以為這是天經地義。殊不知，要保持身體健康，不是那麼容易。尤其一個人自己過活，才體會到錢買不到媽媽的味道。沒當過父母，當老師的心情是有的，經常一邊指導學生論文，一邊脾氣就上來，儘管一再告誡自己要平心氣和。不知道當年爸媽怎麼有辦法做到給我完整的教育，並教我做個正直的人？

謝謝哥哥與弟弟！排行老三的我，上有兄長護航，記憶裡家事好像都是大哥在做，很汗顏爸媽晚年生病時都是他們在照顧。尤其是二哥，每天回去陪爸爸聊天。而我這一路，除了抱書本卻是什麼也不會，連出國的睡袋都是弟弟送的。「兄弟睦，孝在中」，我想爸媽會很安慰的。

從小到大，許多好老師和好同學保我求學一路順遂，感激之情難以道盡。國中王淑慧老師啟發我「放眼天下、心存故國」。高中如果沒有樂班同學們一起砥礪，很難想像怎麼熬過那段歲月，連體育都要補考！忘不了大三時黃俊傑老師容許我從日間部改去夜間上課，期中考去他研究室補考，乃至三十多年後修習他的孟子課，因緣流轉真是不可思議。

感謝碩士班指導教授吳靜吉老師，三兩下就點出我的盲點，引領我踏上學術研究的殿堂。博士班指導教授諾克斯博士總是彎下身來仔細聽我說話，讓我不害怕口說英文。每次見面討論不忘借我一疊書回去讀，飽足窮留學生的腦袋與心靈。蘿瑞，一位小我七歲的同學，一字一句幫我修改大半的作業，給我的、教我的，豈是全A成績所能乘載？

學生時代再好的成績都是紙上談兵，書到用時方恨少，感謝二十多年來學生們出招讓我練功—學習放緩但不放棄理想。謝謝周遭的好友，還有與我擦身而過的人，讓我明白並珍惜因緣和合的可貴。當然更要感恩師父上日下常老和尚引領我入佛門，直探生命存在的價值。「六十而耳順」，孔夫子的境界我沒有，但心嚮往之。人生是一場耐力與信心的考驗，放棄就結束了，至少要志於學，希望為時不晚！

二〇一八．一二．二三

留美生活

天雖冷陽光普照

時序已到冬天，前幾天與友人談起：天冷了。順口回答麥迪遜更冷，零下四十度。記憶中的麥迪遜雖然停格在十月十日下雪，到隔年的四月雪才融，但不只於此。

沒去之前聽說冷，但那也只是聽說。因此從臺灣就裝備齊全，腳著厚襪套上絨裡的靴子，身穿雪衣之餘還加上毛褲。一路轉三班飛機二十多小時，沿途哪是個冷字？

在西雅圖轉機入關。海關官員問我去哪裡？我說麥迪遜，她看我一臉天真，回說：那裡現在很冷喔，隨即放行，那天是元月四日。之後，我去提行李，就在行李轉盤附近東張西望時，來了一位官員主動幫忙找行李，遞給我一份中文的報關表格，填完後，官員手一揮，讓我不用排隊就過關了。

抵達麥迪遜，大地一片雪白、路旁的樹木似乎沉睡已久，不過陽光普照、藍天無垠。接機的同僚夫婦告訴我：不要被騙了，外面超冷。究竟有多冷？只記得當時心裡暖烘烘。

二〇二一・一二・一二

夢的漣漪

日有所思夜有所夢，只是夢境的意義有時候有些迂迴。初次單飛去美國，第一個月同樣的夢境一直出現，那是與家人失散、丟失護照，以及趕不上飛機，單飛的焦慮在白天繁忙功課排擠下，直落夢境。多年後突然斷斷續續另一個夢一直出現，夢中清楚知道我已經取得學位，然而卻仍在繼續修課當中。

話說回來，趕不上飛機的夢後來竟然成為我從事新移民教學與研究的立基。類似的夢境從新移民的口中說出，我深刻地體會到隱藏在鎮定臉龐下的焦慮與不安，設身處地想當年我年過三十歲，在臺灣有相當的工作經歷，雖然去到一個陌生的國家，至少也學了二十多年的英文。相對地，年輕的新移民姊妹們不僅中文語言能力有限，對臺灣社會文化瞭解更屬皮毛，僅憑著對於未來的憧憬和勇氣就嫁來。同樣是有苦説不出，也不敢說，只能硬著頭皮往前衝，不同的是學業告一段落，我終究可以回到自己的國度，但是新移民姊妹則不然。

每個人都有夢，生活中有諸多的選擇，每一個決定都可能是一個夢想的實現，選擇的當下或許懵懂，無論如何路就走出去了。人生如過河卒子，沒有人可以走回頭路，將心比心、攜手同行，或許可以走得較不孤單。

二〇二一．一二．一四

暖氣房裡的刻骨銘心

記得絕對不能關暖氣！為什麼？水管會結凍，之後就會爆掉。生活在一年有半年冬天地方的人都知道這是明訓。但是，那可燒錢呀！我心裡總想著如何暗暗地將溫度降到可容忍的程度。

初次落腳冰天雪地，一週內我租了一間位於二樓的獨立小套房。小套房看來令人滿意，起居室、廚房和寢區在同一個房間裡。出門在外省著點用，買了二手折疊床，又去「好心」商店（Goodwill）買了二手的杯碗瓢盆，開始獨立過日子。第一次烹煮，炒了青椒，殊不知後果遠超出想像，滿屋子的青椒味，滲進地毯和屋子的每一個角落。

這公寓沒有洗衣機，洗衣服要去隔壁棟的地下室。第一次使用投幣式自助洗衣機和烘衣機，先是被上面的各種使用說明所打敗。似懂非懂下，才發現身上僅有紙鈔。為了換零錢，臉皮薄的我還拿了一張十元美金，在雪地裡奔波，老遠去一家文具店買了張一元二十五分的卡片。

設定洗程之後，又在雪地裡奔波數次，原因是溫度控制不對，沒烘乾。好不容易烘乾，這下才慘，毛褲縮水了。一朝被蛇咬十年怕井繩，結果是那個農曆春節，在房間裡拉了兩條繩子晾起毛衣和長褲，這時不能關閉的暖氣倒是發揮了作用。

還有，那條縮了水的毛褲怎麼辦？再去「好心」店買了一小塊裡布，拿出媽媽的本領，將褲管放到最長，接上裡布，就這樣一直穿到前幾年高雄已經不適合穿毛褲，才給二手回收去。

不經一事，不長一智，暖氣房裡的人生雖不長，卻刻骨銘心。

二〇二一．一二．一六

天寒送暖菩提心苗長

這幾天臺灣天寒地凍，許多地方下起雪。對於生長在亞熱帶地方的我們，有人或許興奮地去賞雪，有人或許冷到寒吱吱，而我則想起二十多年前初去美國留學雪中溫暖的記憶。

我是元月初抵達美國威斯康辛州的麥迪遜。二月初有一天郵差在我信箱上貼了一則包裹待領的通知，我不知道可以打電話約時間請 UPS 再送來，認真地從電話簿中找尋地址。UPS 包裹中心位於城外，看地圖循線我找到某一路公車終點站，好像離那裡不遠。

於是我穿上羽絨衣出發，當時是下午兩點左右，氣溫約莫零下十度。上了公車，我用不大靈光的英語向司機問路，司機告訴我包裹中心離終點站有一段距離，我是走不到的，然而表示可以送我一程。於是我跟著她將公車駛進總站的車庫，換了她的小轎車，讓她開車送我去包裹中心。之後還載我回公車站，細心地告訴我公車什麼時候來，才開車回家。在聊天中，我知道她是兩個小孩的媽，天色已晚，那地方離她家還有一段距離。

那天晚上我有課，回到校園已經六點多了，我只好將那箱有點重量的包裹搬去教室，當然也沒吃晚餐。下課後，好心的美國與泰國同學用車送我回住宿處，並安慰我包裹裡面可能是食物。果然，回到住宿處，打開包裹，是朋友淑真從德州寄來整箱的臺灣食物，有各式泡麵、妞妞甜八寶、一個可過濾茶葉的臺灣杯子，以及一個娃娃。當場我抱著那箱的食物痛哭，直到現在想來眼淚還是忍不住掉下來。

在寒冷的異國，人生地不熟，如果沒有這些認識的、不認識的人的幫忙，我不知道可以撐多久。留學美國的那些年，雖然每年有半年在冬天度過，但當白雪漫天蓋地降臨時心裡始終是暖暖的。謝謝那些年幫助過我的人，感恩您們讓我效學，滋長菩提心苗。

二〇一六・一・二五

終結窮追不捨的夢魘

直落夢境的焦慮終究出招反擊，直中窮留學生的要害—人生地不熟、生病不敢告訴家人。

五月中旬，留美第一學期緊湊課業終於告一段落，淑真從德州寄了免費來回機票邀我去她家度假。愜意的生活過了三週，六月上旬某個週日，突然間我腰酸背痛、肚餓混腹痛，淑真緊急送我去醫院。在急診室做了四個多小時的檢查，之後吊點滴住院觀察，醫生診斷疑似盲腸炎，差點要幫我開刀。

回到學校後我以為沒事，殊不知過沒過幾天，我又開始肚子痛，因為每週五都接到醫院寄來賬單。剛開始時是藍字，後來變成紅字，意思是我未繳交醫藥費要被罰款。問題是我明明有保險，在醫院時已經填具相關資料，之後也曾打電話催促保險公司，但是保險公司根本沒有支付。

更難堪忍的是院方開立的單據沒有彙整成一張，而是多張如雪片般飛來，連續轟炸到我坐立難安，再這樣下去我又要住院了。九月初在友人的建議下，我去學校的國際學生事務處尋求協助。

學校職員仔細看了我的保險單，問我：妳繳了自負額一百元沒有？我說：沒。她要我趕快繳，馬上我簽了支票寄出。那職員當下打電話給保險公司，用很嚴厲的口吻說：如果貴公司不支付這筆費用，以後休想與本校做生意。十月下旬，四個月的夢魘終於過去。

一回生、兩回熟，這時我知道了，遇到事情無論如何要主動求援，不要壓抑成為惡夢的溫床。

二〇二一．一二．二二

雪地泛出春暖沒齒難忘

留學美國第一年的十二月初，有天麥迪遜颳起大風雪，不知天高地厚的我只想著去學校使用電腦完成期末作業。那年蘋果的麥金塔系列電腦才上市，我的住處僅有室友的一臺電動打字機。當時麥金塔的文書處理軟體是 word 2.0，存在三吋半的磁碟片裡，還有空間儲存個人的檔案。

美國的法令規定下雪時房東必須負責剷雪，若有人在住家前滑倒，房東是有責任的。一早，房東就開著他的卡車來回剷了兩次雪，十點多我見機央求他載我去學校，敵不過我的要求，房東載我去學校，把我放在圖書館前就回去了。沒想到圖書館門口貼著告示：「因為風雪過大，十一點半圖書館關閉，全校停課、全城停止上班」。

那時路上白雪皚皚，一腳踏踩進去很難拔出來，雪下得太深了。到底多深？後來我才知道，那天累積的雪到達我的腰部。這下可慘了，我只好辛苦地跋涉過好幾個街道，投靠夜不閉戶的電算中心。到了下午二點左右，我覺察到大風雪沒有停止的跡象，而天色三點之後就會暗下來，於是我開始打電話找室友來接我。不幸，室友的車子才開出車庫，就在家門口拋錨，接著打電話找計程車，沒有用的，就是等不到。

這下可真的慘了，於是冒著風雪，我站在路邊招手搭便車。好不容易看到一輛車主好心下車為前面拋錨的車子推車，我鼓起勇氣，請那車主載我一程。賓果！那車主要去的地方剛好會經過我的住處附近。就這樣有驚無險，大概在五點左右，我拖著又累又餓的身軀回到住處。

這讓我決心要買一臺電腦，但是當時我實在沒有那筆預算。剛好那年十二月底弟弟要結婚，之前我盤算了很久，一趟來回飛機票就是一臺麥金塔，回臺灣或不回臺灣？畢竟只有一個弟弟，最終我還是飛回臺灣參加婚禮，也將雪地生活的經驗告訴大哥。大哥二話不說，作主從弟弟結婚收到的禮金挪出一部分給我，買了我生平的第一臺電腦，就是那臺手足情深的麥金塔陪我完成博士論文。雪地裡泛出的春暖沒齒難忘，謝謝成全我的房東、陌生的車主以及家人。

二〇一六・一・二九

不一樣的獎學金

前不久參加了一場二十一世紀高等教育理念與展望研討會，坐在臺下，將近四十年的大學讀書與教書生涯在腦海快速倒帶。對比今昔，想到當前學生來去匆匆，孤軍奮鬥撰寫論文的痛苦相狀，自問到底問題出在哪裡？

且說當年撰寫博士論文的日子是怎麼度過的。在通過博士學科考之後，我申請到一個獎學金，免費住進聶波屋（Knapp House）（註）。那是一棟二層樓的建築，混合十九世紀維多利亞式和義大利風格，建於一八五五年，位於威斯康辛州首府麥迪遜市的門多塔（Mendota）湖畔的山丘上，坐擁市區美景。曾經是十七任威斯康辛州州長的官邸，一九七二年被認證為麥迪遜城市的地標。

從一九五〇年始，聶波屋成為威斯康辛大學研究生中心。樓下是超大的客廳、餐廳及廚房。餐廳可容納四十個人，廚房裡有三座古色古香的爐具，可供多人同時烹煮食物。

為保存這棟歷史性建築，更為提升研究生的領導力，學校設立獎學金（Marie Christine Kohler Fellowship），提供十二位來自各學門的博士候選人免費居住。當年我的房友們除來自美國各地，還有印度與泰國人，學術背景都不相同。同住在一個屋簷下，我們組成自治組織，選出主席，分工合作擔任簡單的房務。其實，除了私人的空間外，公共區域主要的工作，如清潔、除草及剷雪，校方都派有專人負責。

除免費居住外，依照獎學金規定，我們每二、三個月辦理一次專題研討會晚宴（seminar dinner），每人可邀請兩位朋友參加。我們分成四個小組，輪流擔任宴會主廚團隊，學校支付餐點材料費用。宴會當天我們會將專用的銀製餐具取出宴客，晚宴之後所有與會者移駕客廳參與研討會。研討會的主題和講者都是我們共同決定的，記憶中曾邀請過政治學者和音樂家等來演講。此外，我們也會舉辦耶誕節聚會等。空閒時總有同學在客廳彈鋼琴，大大舒緩撰寫論文過程中緊張的氣氛。

雖然大家的課業壓力大，但是一早坐在廚房餐桌邊吃早餐，房友們三言兩語討論起當天的新聞。隨手端來各式私房料理，透過舌尖我們多了一道探索世界的路徑。就在那年，我首度品嘗到泰國青木瓜料理的滋味。猶記得在我論文撰寫的最後階段，學校足球隊一路過關斬將，打到加州的全國賽。那陣子每天晚上，樓下客廳電視機前人聲鼎沸。學校足球隊獲得全國冠軍的那晚，房友們激動地衝去遊街，外面冰天雪地絲毫不能阻攔他們。這種種讓我見識到美國文化在地的一面。誰說撰寫論文一定要苦熬？一定要在象牙塔裡完成？

雖然我住在聶波屋不是很久，但是那段經驗歷久彌新。尤其多年後，我自己在大學任教並指導許多研究生，深刻地體會到涵養博碩士生生命格局的重要性，並不亞於學位論文。領導力與民主素養是二十一世紀知識分子必備的基礎，展望未來，無論高等教育形式如何開展，創造機會協助學生進行更具意義的人我互動，相信會成為這群未來知識分子最可貴的資產。

二〇一七．一．二九

註：由於聶波屋維修費用龐大，研究生中心業已於二〇一二年告一段落，然而其六十多年來培育的學子花開葉散世界各地，其貢獻成為威斯康辛大學歷史的一部分。

國家疆界與惡的距離

文化包容始於理解。前幾週上移民成人教育研究課時，討論到國家界線的劃分問題。想起當年在美國讀書時做的一個小組報告：〈Hmong people 在美國社區領導議題〉。那是我第一次接觸Hmong 人，那是一個怎樣的民族呢？如果提起苗人，許多人並不陌生，就是在中國西南邊界省分，如四川、雲南、貴州的少數民族。不過 Hmong 人不喜歡被稱為苗族，認為「苗」字有歧視的作用。

Hmong 人是住在山上的打獵民族，移居美國是因為當年協助打越戰之後流離失所變成國際難民，在美國政府的協助下遷居到美國許多城市，麥迪遜只是其中之一。不幸地，麥迪遜地理環境和 Hmong 人的原居地完全不一樣，這瓦解了他們的社會結構和領導行為。

以狩獵維生的 Hmong 人去到美國中西部大平原，尤其是一個連釣魚都需要買執照，釣到的魚需要量尺寸才能取走的地方，隨便狩獵是犯法的。因為語言隔閡與社會文化制度的差別，老一輩的人心心念念想回到他們的原居地。

受訪的年輕 Hmong 人告訴我，他的祖先是蚩尤。在異國，透過英語聽到這說法，不啻天外飛來一筆，中國歷史上不是傳說黃帝打敗蚩尤嗎？接著他又提到，他們的祖先打敗仗以後被迫南遷到中國湖南省，之後又繼續往南遷，撤退到中國和東南半島的邊界（註）。這對我而言，是一個文化震撼。

成者為王，敗者為寇；一個原來不屬於任何一個國家的民族，一刀劃分，被迫成為中國人、寮國人或者越南人，國家疆界與惡的距離竟是這般地接近！似乎更能同理臺灣原住民的處境，以及那些在爭戰中流離失所的國際難民；報章雜誌的報導、書本上的族群、國家及多元文化等抽象概念，不再那麼遙遠。

二〇二一．一．八

註：維基百科上關於蚩尤的傳説與源流考證説明中提到：蚩尤部落於涿鹿之戰中敗於黃帝、炎帝的部落聯盟。部落族人四散。其中一部分族人歸附炎黃部落的華夏族，一部分南遷。中國四川、貴州及雲南等地苗族區流傳的「格蚩爺老」傳説中，「格蚩」意為爺爺、老人，「爺老」是英雄之意，是否就是蚩尤，尚有爭論。不過，一些苗族史詩、歌謠、傳説，姜央是苗族的大祖神，具有非常崇高的地位。一些苗族學者提出，姜央就是蚩尤，且苗族先民在上古時代本來居住在黃河流域，由於被華夏族所敗，被迫遷徙至今天的貴州和湘西、鄂西南等地區。

自在回家

回家讓人自在。難忘留美時的〈Hmong People 在美國社區領導議題〉小組報告，那天我在課堂上暢快地講中文，只是難忘中卻有點悲傷。我們這組用行動劇演出作業，我飾演 Hmong 族男性長者，一心一意想回原居地寮國山區。

在教室前方的黑板上，我們繪製了中南半島地圖，標示了 Hmong 人的原居地，大大的箭號飛越太平洋到了美國，另一箭號反向地飛回寮國。前門上貼了大大的英文字：「Home」（家），後門上則貼了「America」（美國）。

上課鐘響，我們要同學們從後門進入課室，之後圍坐成一個大圈子。圈子中間放了一把椅子，椅子上插了一面美國國旗，旁邊放了一個小錄音機。

行動劇開始，以大圈子為美國化的界線，小組成員分別扮演各種角色的 Hmong 族人，散落站在圈子的內外，越接近圈子者表示越能適應美國社會者，飾演長者的我則站在離圈子最遠的地方。

之後，由圈內的組員開始播放美國國歌並宣讀憲法序言，鞏固看似偉大的美國夢。組員們接著各自敘說他們來到美國後的生活適應情形。我的臺詞內容大概是：「我想回家，想念家鄉的山林。這裡天氣奇寒無比，沒有朋友、兒孫不聽話，更有一堆無法讓人理解的法律……」。因為長者不會講英語，所以我可以任意講英文以外的語言和內容，重點是要營造氣氛讓同學們體驗異文化。

最後，我們播放一份紀錄 Hmong 族人越洋移居美國適應情形的錄影帶，那是在田野訪問時向一個關懷組織商借而來的。錄影帶記錄了 Hmong 族人移居美國日常生活的辛酸，不同於其他的移民，美國夢未曾在他們的腦海中出現，相反地，回家卻是許多 Hmong 族人的心聲。家是讓人「自在」的地方，英文「at home」一詞跨越語言傳達出的內涵，果然真切。

二〇二二．一．一〇

送一朵鬱金香給自己

我熱愛教學更愛當學生，教師節前夕送一朵鬱金香給自己，只因書上寫著它是幸福的象徵。鬱金香在臺灣很稀有，因為它綻放在寒冬當中。留美時，雪方融化初春的早晨，紅藍紫黃四射，爭先恐後從地湧出遍地開花，那景象怎麼說都是：驚艷！

花不會自動綻放，真正說來那是前一年入冬前勤快者預先埋下球莖，排列出萬紫千紅，只待時機成熟同心齊發，一分耕耘一分收穫，至為明顯，此刻的光彩奪目豈非無因而生？

初春盛開的花不只有它，還有水仙，不記得它們誰先來後到。總之，仔細觀察大自然自有其曼妙的律動，植物日日抽芽、花朵週週輪流盛開。那年我在麥迪遜隨之起舞，雪融的四月天開始，每週末騎車上農夫市集，購買一週的糧食並給自己小小的犒勞，欣賞季節遞嬗下大自然送來的禮物。從早春的嫩綠到橙黃的秋實，捧回南瓜妝點萬聖節，傍晚時點不忘燃一盞燈火，溫暖飄零異鄉的心。

不想如蘇武牧羊一去不復返，卻不敢也無能反悔，只得奮力往前。顧不得能否入境問俗，總之要存活下來。租屋離學校很遠，頭戴安全帽、腳踩自行車，不僅上學還兼採買、兜風，背包裡書本、蔬果及便當相互依偎，竟然也能度過那些年的春夏秋冬。說騎車度冬是有一點誇張，冰點的路面濕滑、雪地行走困難，沒有本事騎車只好搭公車，只是背包負重依然如故。

每週固定採買、天天自備便當，規律的生活宛如大自然。春耕、夏耘、秋收及冬藏，說來老套卻也真實。光是每週逛農夫市集，耳濡目染下竟然開啟了我對於植物的認識，譬如 Wandering Jew 是那種到處爬的紫背鴨跖草，懸吊在屋簷下隨風飄動蠻美的；Begonia 是秋海棠，葉子比花美，不對稱的卵型、腎型、盾狀或掌狀裂葉五彩斑爛；Geranium 則是天竺葵，不認得的話撫摸它的葉面，上有披覆絨毛，並散發獨特的香氣挺紓壓的。

儘管課業繁重、壓力不斷，冬日窩居苦讀，偶爾抬頭凝視蒼茫大地；春假難得，總要騎車林間探綠去；夏季日長課後不忘倘佯湖畔並野餐。年頭到秋，振筆疾書之際終見畢業時日已然等在燈火闌珊處，感念鬱金香沁心，幸福自那時起日漸增長，上學真好。

二〇二二・九・二七

生活

好雨知時節

好雨知時節，當春乃發生。
隨風潛入夜，潤物細無聲。
野徑雲俱黑，江船火獨明。
曉看紅濕處，花重錦官城。

——杜甫〈春夜喜雨〉

成人、關係與工作

走在「成人」的路上

在生活中，有些詞彙我們用得很順，但若沒有仔細推敲，並不清楚它的內涵。「成人」一詞就是其中之一。提到「成人」，可能很多人不假思索地說，就是指十八歲或二十歲以上的人。那麼差十八歲或二十歲一天的人，一覺醒來之前與醒來之後有何差別？可能有人會說：就是可以合法騎機車或有投票權。然而要問的是，若就騎車安全性或者投票的判斷力，同一個人差這麼一天有如此大的影響力嗎？

在我任教的「成人學習研究」課堂上，我經常問學生問題：你們何時開始覺得自己是成人？當時發生了什麼事情？那時你幾歲？很有趣，答案有：十多歲開始承擔家計、領到第一份薪水、擁有駕照或信用卡、能為父母解憂、單獨在外生活等。年齡在這裡不是重點，重點反而是承擔了某些角色與責任。

當然，翻開教科書會找到「成人」一詞不同的定義。在生物學的觀點下，成人指生理發展成熟的個體。心理學的觀點認為成人是心理與情緒成熟的個體。社會學的觀點指能負起成人社會角色責任的人。就法律的觀點各國規定不同，前述十八歲或二十歲都可能是。

然而仔細思考，人的年齡關係到人與時間的關係。時間觀影響我們的價值判斷，轉換我們的態度和期待。隨著年紀的增長，本身創造了對於人新的價值標準和不同的期待。總之，我們要求成人具有成熟的基本特質。換句話說，成為（becoming）成人一方面擁有某種地位／權利，然而另方面也應該具有某些義務，如道德或情緒上的成熟，雖然並非每個成人都實際擁有那些特質。

想到這裡，反觀自身，看看周圍形形色色「教壞囝仔大小」的社會亂象，突然很羨慕我國傳統文化中關於「成人」的界定。在《論語》中「成人」是指成為人格完整的全人，也就是君子，並且隨著年齡的發展，不同階段的成人任務有所不同。

> 子路問成人。子曰：「若臧武仲之知，公綽之不欲，卞莊子之勇，冉求之藝，文之以禮樂，亦可以為成人矣。」曰：「今之成人者何必然？見利思義，見危授命，久要不忘平生之言，亦可以為成人矣。」（《論語》〈憲問第十四〉）
>
> 孔子曰：「君子有三戒：少之時，血氣未定，戒之在色；及其壯也，血氣方剛，戒之在鬥；及其老也，血氣既衰，戒之在得。」（《論語》〈季氏第十六〉）

此外，更欣賞《論語》所說的「君子有成人之美」。在這裡與大家相互共勉，不管你、我現在幾歲，期許在「成為成人」的路上，相互支持一步步成為君子。

二〇一六・八・二一

關係的本意——利己又利人

年輕的時候，對於「關係」一詞，我沒有什麼概念。只因不能接受社會中許多人「靠關係」走捷徑，便將它視為徇私利己的代名詞，甚至蔑視「關係」的重要性。直到學佛以後，認識了「因緣和合」的觀念，瞭解到原來人活在世間上是與萬事萬物相待相生的。在做事過程中，觀察到一件事情的完成需要許多條件的配合，才慢慢體會到。根本說來，人活在各種關係當中，並且關係的品質左右生活和生命的品質。

首先，與自己的關係，最深刻的是「習性」。習性如影隨形滲滲在我們身上，讓我們不能自主。例如，不知道為什麼，老是摸到很晚才睡覺，白天總是爬不起來，接著上課經常遲到、作業未能如期繳交，無法接受成績比別人差，之後情緒失控，一路兵敗如山倒。

其次，與他人的關係，如家人、親子、師生、同儕，或者與路人甲的關係。例如，早上在家裡和家人一言不合，出門騎車快了一點點，不小心和路人甲擦撞。若沒處理好，接下來的故事情節，不難想像。不僅原先的行程必須擺一邊，還牽扯出更多的事情，命運可能就此岔出去。

再者，與大自然的關係，只要環顧當今的地球溫暖化現象、環境災變頻生，不用多說，都與我們的消費行為、生活型態密切相關。因此，在人生的道路上，怎麼與自己及周圍的人、地、事、物建立良好的關係，還真是一堂必修的功課。

然而怎樣的關係才是好的關係？我們都看過成群野雁的飛行隊伍，藉著 V 字隊形，整群雁鳥一起飛的速度，比每隻雁鳥單獨飛來得快，至少增加 71% 的飛行距離。當領隊野雁疲倦時，牠會退到側翼，由另一隻野雁接替任務，飛在隊形的最前端。以合作取代獨立競爭，一起創造整體的價值，這是雁行理論給我們最佳的啟示。

回過頭來，有時候我們也會喊冤，覺得自己何嘗不願意扭轉習性，並與人相互合作。但是深究我們的行為，背後卻不自覺地受到一些錯誤的觀念所左右。例如，比比皆是的競爭觀念—「物競天擇，適者生存」、「不能輸在起跑點」，以及「自掃門前雪，休管他人瓦上霜」的冷漠態度。想想這些從小不斷地薰習我們的觀念，真是害人不淺！

既然如此，真的必須翻轉過來，以合作取代競爭、以關懷取代冷漠，與萬事萬物建立良好的關係，進而在生活中創造善的循環。設法成為能夠自己作主的人，養成良好的生活習慣，應該是第一步。與人互動時，先要能欣賞對方的優點，看到別人對自己的恩德，亦即「觀功念恩」，才有機會彼此相互合作。想想地球只有一個，已經到了將功贖罪的時刻了，結合一群人從節能減碳、種樹護地球做起，都是可以立即去實踐的事情，這才是「關係」的本意—利己又利人！

二〇一五・一一・一三

收送紅包的心意最吉祥

過年時候，不管小孩、大人收到紅包都會很開心。過年給小孩子壓歲錢是我們文化傳統的一部分，但是似乎現在人已經不大知道壓歲錢的文化內涵，反正就是行禮如儀。這幾年隨著姪女、姪子長大，從學校畢業，陸續就業，我甚至曾經故作聲勢說：為什麼還要給你們壓歲錢？但是想到自己收到禮物歡喜的心，就是分享喜悅啊！今年扣除出嫁的、出國的，我只送出四份紅包，卻收到三份紅包，這真是划算呀！

然而有趣的還在後面，我收到的紅包裡面裝的，和給他們爸媽的不大一樣。裡面沒有彩券，姪女們不約而同地說：姑姑不會喜歡彩券的。這就是我的問題了，問題不在於有沒有彩券，而在於他們觀察到，我大概是一個不苟言笑、沒什麼生活樂趣的人。總之，我要好好地檢討。

再說我收到的紅包中，有一個很特別的紅包袋，是臺灣之心愛護動物協會製作的紅包袋。姪女孟潔特別介紹這個單位做些什麼事情，購買這個紅包袋可以全數捐助這協會的偏鄉駐紮計畫，聽到這件事情我格外地開心！一方面認識到一個非營利組織做的善行，另一方面透過這個紅包袋，我好像可以多認識孟潔一點。

不管是收或送紅包，無非是為了讓對方歡喜，如果因此可以更讓彼此認識的話，就是一件非常美好的事情。我常想做一件事情，除了事項的外在價值外，肯定還有內在的意涵。只是我們常將重點僅放在事項上，尤其是看得到的那一部分，這其實是非常可惜的事情。有句話說得好：「歷事練心」，如果能夠多觀察、多思維人際互動中分享出來的那一份心，禮物的大小只是一種外表上的呈現，更重要的是背後那顆心。

想到這裡就很開心，因為這件事情，我更瞭解自己可以改進的地方，也稍稍認識了姪女和姪子們的內心世界。所以說，過年不管年紀多大、有沒工作賺錢，總之收送紅包的心意最吉祥。

二〇一六．二．一四

真放假乎？晴耕雨讀為上

每逢颱風為放假與否，各界爭論不斷，有人抱怨就有人被罵。今天（九月二十八日）全臺放颱風假。真的是放假了嗎？早上睜開眼睛，吃喝拉撒擺眼前。該上廁所、刷牙、洗臉一點都不能省。心臟繼續工作（要感恩啊！），肚子到時間會餓（也要感恩腸胃正常運作啊！），腦袋更是沒放假，盤算著今天做些什麼事？

說是放假就因此擱下工作嗎？該做的不做，雨過天晴積累的事只會多不會少。事情不會因為放假，就有人幫忙做或自動消失。只會因暫時沒做壓縮了可用的時間。屆時反而要看心臟夠不夠力，願意不願意配合趕工。

再說，放假一天可用的日子就少一天。正確說法是老天爺算人的壽命是沒有放假概念的。「天增歲月，人減壽」，要不要把握每一天？要怎樣穿過風雨？都是個人的事，中央氣象局或市政府是沒法代言的。

今天是教師節，與其一早起床執著自己如何涼快去，不如將心放寬。舉手之勞打通電話感謝恩師。休息是為了走更長遠的路，前人晴耕雨讀應當是可以效法的。三人行必有我師焉，在此一併向教導過我的所有的人說聲：謝謝！有您們真好，教師節快樂！

二〇一六・九・二八

勉而行之—從擔任評審談起

因為工作的關係，我經常受邀擔任評審，從個人的論文到機構、團體的工作計畫和報告等。評審從來不是件容易的事情。再加上如果遇到件數眾多時，還要考量評審結果的一致性／公平性，說真的，非常耗時且耗神。因此，對於是否答應擔任評審，我常常會有些遲疑。但是回頭想，這些年來每次參與過後，總是有很大的學習。

就以最近參與的一項全國性成人教育評審工作為例，老實說在行前會議時，我就開始後悔，只因一念之仁，連續好幾個週末假日就畫押給它。之後，整箱的報告書寄達時，又與其他的教學與服務工作撞在一起，讓我幾乎馬不停蹄，一刻不能休息。至此，只得重新盤點並簡化手邊的工作。不得不承認自己的時間和精力有限，無法同時承擔那麼多工作。

正式審查會議時，多位委員同台詢問。有從微觀角度、有從巨觀角度評論；有的重視報告的內容、有的重視形式；有的強調系統性、有的想瞭解發展脈絡。接連幾場評審下來，除感受到與會專家們的用心，讓我有機會從不同角度思惟觀察外，更對照出自己的侷限性。

再者，這次來自全國各地的成教機構所展現的做法和成果，讓人驚豔不已。它們不僅關心臺灣當前面對的議題，如生態和環境變遷，並且劍及履及，那可不是光評論可以辦到的。慚愧我何德何能，竟然可以在短時間內，吸收到這麼豐碩的經驗。還有，更體會到多個單位共同投入的效應，印證一人走百步，不如百人走一步！

不經一事，不長一智。要提升自己，勉而行之總是需要的。既然答應了，就用學習的心安住其中，收穫總在回首之處。

二〇一七．四．二三

最好的出差方式

最好的出差方式是早一點起床，為自己爭取多一點時間和空間。這回到臺東，清晨走在山海鐵馬道，周圍綠意盎然，非常舒服。沿途還可以看到許多裝置藝術，巧思從中冒出，想想還蠻幸福的。

走著走著，不遠就到鐵花村，臺東最有名的景點，來回不過一個多小時。晨光灑在身上，給自己一種寧靜的釋放。好似經歷了一個小小的旅行，再回到旅館的時候，心滿意足。

出差最好認真投入工作，在其中長出意義。這次訪視綠島樂齡中心，隨順緣起跟著長輩們一起跳五行健康操，趕走了午後一身的疲累，也算是見縫插針動了一下，對自己好。

訪視行程結束還剩下一點點時間，請在地的朋友開車繞一下，過程中跟他聊天，多少知道綠島當地的自然景色和人文地理，也是一種學習。

出差最好隨手拿起手機拍照，記錄下途中的見聞。對著手機講幾句話，不消多久，出差的功課全都做完，卸下重擔，留下小小私密的感動。池上大片的稻田、火車站建築和裡面的阿嬤畫作，是美感經驗，更重新觀照了自己。

順著緣起，與在地的伙伴們互動。幾次下來，彼此的想法不再那麼遙遠，樂齡中心的改變也看得到。想想雖然舟車勞頓，旅館住到可以累積點數，出差奔波還是值得的。

二〇一八・九・九

手作的魅力

前兩天去臺東訪視樂齡中心，在長濱鄉看到手工藝老師正在鉤手提包，上面一片片金屬晃動，乍看之下彷彿鐵甲武士的背心。仔細瞧，原來是易開罐的拉環。細數那包包共有一千多個拉環，算算成本不低，一瓶飲料二十元，總共要二萬一千多元。沒有群策群力，恐怕蒐集不到這麼多拉環，並且編織前一個個拉環必須打平，否則會傷到手。想到這裡，要完成這麼一個提包可真是個大功夫。

在活動中心前，剛好遇到阿美族人正準備豐年祭，地上、桌上滿滿的檳榔葉鞘折成的食器，腦海浮現大學一年級時長濱海邊的原住民文化初體驗。當時只見阿美族朋友，隨手將一片葉子折好，盛滿水後將前一刻捕來的魚投入其中，一旁在太陽下，用兩顆石頭敲出火花，烤熟石頭之後投入食器當中，一切都在笑談中完成，如同眼前所見。

第二站我們去了東河樂齡中心。長輩們正在製作阿美族傳統服飾配件的毛線球，色彩繽紛，忍不住讓人想加入其中。製作一顆看似容易的毛線球，從線材顏色的選擇、配色、剪裁到紮線，環環相扣。毛線球要能成形，將線材紮在一起的力度是關鍵，之後一刀刀修剪，我整個心思全然地灌注其中，總想著怎麼樣修才會圓，超有療癒的效果。

第三站在老舊的活動中心裡，大武鄉的長輩們正在編織紙容器，桌上攤滿一條條捲好的日曆紙。捲好的紙軸要先上膠，之後隨著編織的進展將它們接在一起。觀察老師的示範，老實講我還是看不懂，上下兩條紙軸如何交錯在一起，但是長輩們似乎非常有耐心，即便不會，也就是請教老師和同學。此外，教室裡佈置了許多長輩們歷來的手工藝作品，讓人嘆為觀止。最吸睛的莫過於利樂包製作的帽子，利樂包再利用之前，還要清洗乾淨否則會發臭，想想還真佩服長輩們的愛物惜物。

一趟路，感受到手作的魅力，隨手可得的物件、廢棄物都是材料。長輩們專注的神情、看似不起眼的作品，承載了長輩們多少的心思？陪伴了長輩們多少的歲月？翻轉了我對於手工藝的看法。

二〇一八・七・一六

工作與我

工作讓我生活有著陸之處，
有方向感、有期待、有貢獻、有逼迫感，有現實感。

工作讓我經濟上無後顧之憂，
有一份固定的薪水、不只是為五斗米折腰、存錢做想做的事情，還可以幫助別人。

工作讓我與時俱進，
在苦樂參半中，生吞活剝資訊；努力成為數位新移民，卻也擔心身陷資訊的洪流。

工作讓我學習忍耐，
面對自己急躁的個性、教不會的學生，還有學校的諸多問題；
瞭解事情不是那麼理所當然、世事更難全，雖然心還是經常起伏。

工作讓我知道考試的滋味，
一疊疊待審資料，一道道命題；入學考、期中考、期末考、學科考，還有學位考試；
考了自己的學生，還要考別人的學生。這才知道原來自己是考生。

工作讓我體會假日是何物，
鬆一口氣，拿來獨處、改作業，還可打掃房子；放假久了心散去，是學生的最愛、老師的兩難。

工作讓我知道何謂送往迎來，
九月開學才迎新，秋去冬來又招生；榜單才貼驪歌起，送舊會上總詞窮。
二十寒暑如一日，黃金歲月成記憶；學生紛飛四方去，留校察看是自己。

工作讓我不浪漫，
只想應用所學、老實做去，不想高談闊論。

工作讓我長出自信，
在克服困難之後、在人我互動中，享受眼睛閃爍出的光芒。

工作讓我在反思與行動中成長，
認識自己、看到自己的侷限性；對自己負責、設法對人與大的社會負責。

工作形塑了現在的我。

二〇一八·四·一五

繪畫

專心一志．寧靜致遠

從小我的美術和勞作的成績很好，也覺得自己應該是會畫畫的，但是走上學術之路後，不敢多想，自動緊束畫筆於抽屜深處。直到這一年多，想畫畫的心掙扎著尋找出口。

前幾天中午用餐後，信步走進高雄市立文化中心，深深地被「美。遐想七十回顧」所吸引。展出的畫作主題都是日常生活的場景—靜物、人體寫生、破落的房子、平凡的海港，以及巷弄街景等，沒有名勝古蹟，寫實的畫作中透出某種樸質和寧靜。

特別喜歡一幅畫，描繪一排舊房子三、四間，斜對角向前開展，房子邊上被一叢叢枯草所掩蓋。陽光下，看似雜亂的草雖説有些耀眼，然而一點也不喧鬧，仔細端詳，竟然發現它叫做「寂」。

就這樣，想學畫的心被勾起，於是我鼓起勇氣，向展場的志工表明求見創作者的心。運氣不錯，轉了兩個畫廊，回到展場終於見到畫家陳美遐。那是我第一次主動和畫家坐下來聊天，並且説服她收我當學生。美遐老師已經七十歲，炯炯有神，深知作畫是為尋覓生命的出口，所以第一句話就回絕了我。儘管如此，談話過程中卻引發我思考，為何我被她的畫作所吸引？

突然間，我領悟到是質樸與寧靜，不是技法更非用色。原來，我找尋的是專注，從繁複生活中透出，直視事物存在本質之美的生活態度。如果是這樣，畫畫或許是一個途徑，但不保證能達到。這才明白，半年前為何買了一本硬筆字帖。書畫同源，重新提筆，專心一志，寧靜致遠就是了。

二〇一七．一〇．二八

新手上路超開心

嚷了好幾年想學畫畫，但是一直沒行動，幾個月前好友金玉鼓勵我：想畫就提筆吧！五月中下旬，給自己一個允諾—早起畫畫，將鉛筆、筆記本及橡皮擦放在客廳桌上固定的角落。就這樣，斷斷續續畫了杯子、筆插及燭台等，從一只杯子到一組的杯具，但就只是輪廓的描繪。

七月底，向學校圖書館借了一本書（註），跟著作者馬克老師的腳步，每天挪出二十分鐘畫，據說三十天就能開啟存在我體內繪畫的天分！

在課前自我測試中，馬克老師要我們不看任何圖片，用二分鐘畫一間房子、一架飛機，及一個貝果。剎那間，住過的房子紛紛現起，卻不知從何下手。飛機更慘，生平搭過上百次，但能想到的只有飛機翼上旋轉的引擎，不確定尾翼長得怎樣，只記得貝果像甜甜圈，還畫了一點陰影。

隔天開車，我的視線開始飄移，想努力將馬路上的摩托車印在腦海。走在腳踏車旁，會多看它們兩眼，發現自己對於周圍環境的觀察有限。

第一課學畫球體，家裡的馬鈴薯入畫了。第二課是球體重疊，那天一早找不到兩個球體，於是從冰箱取了一顆生雞蛋，加上剛蒸熟原本要當早餐的雞蛋。陽光灑進客廳桌上，不一會兒生雞蛋開始冒汗，頓時緊張起來，我也開始冒汗。結果雞蛋畫成芒果，這是學生千華給的評語，有點沮喪，於是去學校向同事借了兩顆網球，力挽狂瀾，再畫一次。

第三課是進階球體，如同畫許多撞球排在一起，營造有深度的視覺效果。那課額外的挑戰題是將最大的球體畫在最遠處，並在球體上挖洞畫出濃厚度。這功課花了三個早上才完成，第一天勾勒堆疊的球體，第二天畫陰影，第三天描繪每顆球體窗戶的深度。畫完除了鬆一口氣外，確定這本書至少要借一百天才夠用，不知道圖書館允許否？

第四課換新主題，學畫立方體。馬克老師很強調按透視法縮短的方形。在他的指導下，果真立方體有了深度。但是，不像球體有曲面，立方體的表面是平的，要畫出光澤些微的層次不大容易，我的重疊立方體不免讓人聯想呆板的工廠廠房。

第五課空心立方體就有趣多了。然而，畫出一只打開的紙箱裝些什麼呢？這就考我的想像力了。沒想像力至少要有精進力，就練習畫球體！結果是我的珠寶盒裝了超大的珍珠，和旁邊的網球差不多大，意思是它們都是我的珍寶。一枝鉛筆就能畫實在超有趣！

二〇一八・八・一二

註：馬克奇斯勒著；連緯宴譯（二〇一二）。**一枝鉛筆就能畫：30天一定學會超有趣又簡單的繪畫技巧**。新北市：木馬文化；遠足文化發行。

畫就對了！

不知不覺竟然畫完一本筆記本，雖然是薄薄的一本。早上六、七點坐在客廳，一提筆，若不是還要上學，真的捨不得下座。做事情總會分心的我，畫畫的時候卻心無旁騖。放下筆，一顆心還是懸在上面，總忍不住又翻開它多看兩眼。下了班，如果有時間的話，還是想提筆，繼續未完成的進度，畫個一兩筆也好，雖然常常不能如願。

就這般斷斷續續，在緊湊的生活裡，從七月底到現在，僅靠一本書、兩枝自動鉛筆、一塊橡皮擦，外加一把軟毛刷子擦橡皮屑，添增我生活上諸多的樂趣。

從下筆遲疑、羨慕書上範例、反覆擦拭，到現在模擬之餘會想加進一點自己想法。對於畫面的光影、速度開始有些感覺。尤其享受各種筆觸帶來的質地，毛茸茸的、刺蝟般的，以及龜裂的表面。想清楚後專心一意地，快快下筆，或者細心琢磨，效果截然不同。

「久習不成易，此事定非有」，真的畫就對了。

二〇一八．一〇．二

坦然迎接賽事

早上收到學校的通知，催還《一枝鉛筆就能畫：30天一定學會超有趣又簡單的繪畫技巧》一書。去年七月底借了這本書，經過幾週的練習，評估自己恐怕要到十二月才能完成三十堂課。結果創下有史以來個人借書紀錄，我連續借了三次，直到前兩天終於完成最後一課。

此刻，好似終點槍聲響起，忍不住想可否延長賽局？儘管我已經自動又展延了三個月。馬克老師的標準是三十天，而我卻花了七個三十天。忐忑不安的心情浮現，最後這幾個月的確我沒有認真畫去。

中間有好多事情。工作是其一，要教書、要指導學生論文、又要學習其他的東西。再者，寒假總要和友人相處、度假幾天。總之，生活中有諸多的事，將我從對它的承諾岔開出去，雖然喜歡畫也沒打算放棄，但就這般延宕下來。

延宕的結果，前面習得的東西變有些生疏，勉強往下走，心裡卻很想回去補漏洞，有種莫名的不安全感。至此，腦海突然冒出我那些寶貝學生，撰寫論文走走停停，不就是這樣嗎？將心比心，對他們好似多了一分同理。

心定下來，回頭審視自己這幾個月的學習，其實還蠻開心的，不能妄自菲薄。不過時間是不等人的，賽局終有結束的一天。還是要不忘初衷，再接再厲、專注一心、好好收尾，才能歡喜收割，坦然迎接下一場賽事。同學們，一起加油！

二〇一九．二．二六

禪繞畫初體驗

六月間在學校參加了一場禪繞畫研習，老師講解了禪繞畫的內涵，教了幾個圖案就放手讓我們創作。據說蠻容易的，果然在老師的鼓勵下，下課時分同學們都繪出花樣具足的杯墊，挺有成就感的。

禪繞畫簡單來說，就是專注地反覆畫同樣的圖案，它的鐵律是不能用橡皮擦。先在畫紙上畫出一個框，任何形狀皆可，分隔成幾部分，之後用黑色的筆在每一個框格中畫上自己喜歡的線條和圖案。

禪繞畫下筆無法塗去，稍不留意，塗黑的圓點變大，留白的地方縮小。如果繼續畫，到後來整幅畫必定塗滿了黑色。讓我想起刻木刻版也是如此，只是剛好倒過來，從無到有到無。白的變黑、黑的變白。

小心布局卻又難以控制，就像生活粗粗地分了幾個大塊，工作、居家、社交，儘管是自己選擇的，但到後來發展出來的樣子往往出乎自己預期之外。表面上每個人一天都有二十四小時，也都填上食衣住行，但變化出來的人生千奇百怪。

只能在過程中慢下來做些審視，哪些線條畫歪了？圖案走樣了？想辦法因勢利導，讓它有不同的效果，不能急也急不得，再度下筆時，告訴自己確定那是自己想要的。今天最後一刻，飛來的想法讓我在完成的畫上添加一兩筆，結果大異於前，還真的提醒我不能以眼前為滿足。

這幾個月我只畫了五張。看似容易，沒有太多的技法、下筆也不困難，但要好好完成它卻需要一些基本功。胸臆中起碼要有些圖案，想要去組織、表達，不能只是埋首眼前，有時要抬頭看看整體。更重要的是，要能沉得住氣，一筆一筆踏實地畫去，不能退卻、不能塗改，更不能半途而廢。老實講，這都是挑戰，我還在努力。

二〇二〇・九・二〇

穿透生命的微光

這兩個月來我密集地自學繪畫。有朋友問到：妳究竟想畫些什麼？直覺地我打開手機桌布給她看，那是一張我在屏東勝利新村麵館拍攝的照片，藍綠色舊式木窗格毛玻璃上映出搖曳的葉影，那時我沒多說，因為也不甚清楚。

自學水彩之途始於跟著 YouTube 影片畫水彩，一知半解、有點慌，既要操作電腦讓它停格又要拿起畫筆，最糟的是不知道講師的下一筆和他們對於整個畫面的想像，因此學得有些辛苦。

用色鉛筆畫花卉是個插曲。母親節那天提筆畫康乃馨，不知如何處理細緻的花瓣，Google 了許多圖片，要嘛太卡通、要嘛過於繁瑣，搜尋到《絕美．花之繪》（註），超美的。算我運氣好，隔兩天竟然在學校圖書館借到，立刻買了四十八色的色鉛筆畫了康乃馨。

這陣子陸續畫了十幅花卉，就當練習素描，赫然發現我的臨摹還有模有樣。不過，心底還是想畫水彩。清楚知道水彩的關鍵是水和顏料的關係，那是光練習色鉛筆畫所無法做到的。

自問究竟為何我著迷於水彩？想畫些什麼？生活在城市的我，沒有山之巔、海之崖，也沒有田園小風光。對於靜物的凝視，除了公園裡的花草樹木外，近距離的觀察有限，不過陽光下花草樹木搖曳的光影倒是很吸引我。打開照片檔案，赫然發現主題盡是放大的花間、草叢，流水岸邊和橋下倒影，以及玻璃帷幕的映照。

水彩練習還在起步，有本書作者提到每天畫一幅天空。剛好這陣子時雨、時晴，變幻的雲朵剛好拿來練習，哪知看似簡單，下筆簡直是十萬八千里，用慘不忍睹還難以形容。

忍不住又提筆畫花卉素描，主題竟然是繡球花，起草是大事、細小的花團不散掉真需要仔細觀察，接受它、不規避，這現象在生活中到處可見，細瑣就需要耐心。這次我放緩了，起草完暫時息筆，斷斷續續畫了好幾回，儘管有些細節並不滿意，然而完稿時意外發現色鉛筆畫出的透明力道。

更體會到，與其說是天光雲影、湖面波光粼粼，空氣的凝固與流動，光影的投射及其與周遭環境的互動，不如說是某種的簡單和靜謐才是我的想望。穿透生命的微光活出力量，安頓自己於無常中剎那的間隙。至此，我似乎更瞭解自己，知道從那裡下手。

二〇二二・六・一二

註：飛樂鳥（二〇一四）。**絕美・花之繪：色鉛筆的優雅描畫×花卉彩繪技法**。臺北市：創意市集。

躍出更美的自己

我把寫論文的筆換成了畫筆。過去三十年來只因為學科成績還算差強人意，我服膺主流社會的期待，執起了撰寫論文的筆，一字字刻劃出現在的人生，過程中有許多的勉力而為，到現在這枝筆和使用它的遊戲規則，例如理性思惟，不僅寫入論文的字裡行間，並且和我融合為一。

三十年練就出的筆還有沒有別的可能？大概在去年底，我決定放棄寫論文，今年春末重拾畫筆。雖然換了枝筆，學術訓練的影響歷歷現前，憑藉精準的觀察力，很快地我色鉛筆就上手了（雖然表達性仍待強化）。平心而論，開始時我只把它當作素描練習，不過畫久了，倒是有了一些體驗。

我喜歡繪畫時那種沉靜的感覺。即便我的色鉛筆畫仍在臨摹的階段，但翻開書本，仔細揣摩書上的花卉，從勾勒線稿到一筆一筆地上色，一幅花卉可能花我五、六個小時。開始時我會很想一氣呵成，急著想看到成果，然而因為體會到光是靜靜地做自己想做的事情就很美，我放慢了心思。

每下一筆，眼前的花長出了一點，但沒到最後一筆都不成形，「行百里半九十里」還真的是這樣。分區塊為花著色，由淺到深照料每一朵花瓣。就算有了第一道色彩，生命力仍未現，要活出個樣子就需要一次一次地著色。至於什麼時候是終點？沒有個標準。每種花卉所需不同，有的需要透明感、有的則需要飽和度。最後，設法著上幾筆，讓花朵與葉片之間的顏色過度自然準沒錯。

不起眼的小花簇生在一起最難畫，譬如薰衣草的穗狀花若沒有仔細觀察，根本不知何從落筆。

為了畫它，我還上網查詢、去公園裡仔細觀察。倒是像山茶花、蝴蝶蘭特徵明顯，相對地好畫多了，當然可能是我對它們較為熟悉。

一回生、兩回熟，不知不覺中我臨摹了二十幅花卉。翻開舊稿，有時不免技癢又添上一、二筆，讓它們更趨近於我的想像，有些雖然覺得不妥也莫可奈何，就怕越描越糟不敢下筆。問我有沒有畫過頭到後來悔不當初的？當然有。怎麼辦？承認凡走過的必留下痕跡，眼前這幅畫是難以塗改了，不過輕聲對自己說：留下的痕跡將成為下一幅存在的理由。

多年來，畫筆默默地等待，等我回心轉意，獨享與我同處的時光。果然是時候了，提筆繪畫讓我的存在多了個理由—美，躍出更美的自己，靜靜地自處。

二〇二二・八・二二

平凡中見真章

天哪！雜亂無章的招牌街景，其間還夾雜選舉看板，怎麼畫？黑布覆蓋的田野網室、忙碌的漁港、遠方高架橋也入鏡？電塔、電線桿不說、交通號誌，騎樓下摩托車黑壓壓一片，我真的傻眼了！雖然不會騎摩托車也被載過無數次，但提起筆還真不知道摩托車屁股怎麼畫？

去年十一月我開始上楊治瑋老師的網路水彩寫生班，每週老師都上傳一則現場寫生約兩個小時的教學示範影片，觀賞之後我跟著畫。老師強調觀念勝於技法，從結構、明暗、色彩及肌理，詳細解說如何創造畫面的和諧與差異，並且再三提醒不要僅於描繪眼前畫面，例如：他說他也沒數畫面中有幾棵樹之類。此外，每期課程老師還開設兩次視訊課教大家藝術賞析並點評作品，若僅是上他的課還真是大大的饗宴。

上幾次課後，我就留言給老師表示：我的學生會很感激他。他可能一頭霧水，沒說的是剛開始時提筆的艱辛，我幾乎是開著電腦觀賞再三，乃至停格跟著一筆一筆畫。想到我指導學生論文每次都講同樣的內容，提醒學生研究始於問題意識、文章結構不外乎起承轉合、文獻探討各節該寫些什麼，以及論文格式該注意哪些等，一而再再而三地講。體會到學生就是沒聽懂，如同坐在電腦前的我不知何從下筆。

老師說複雜的畫面要取捨，將重點強調出來，弱化配角；我也常對學生講要聚焦，就像舞台劇中燈光對準主角，背景、配角仍在，然要分輕重。楊老師的箴言：作畫前要想清楚要畫出什麼，對於畫作要有想像，想如何讓它更美，發現其中的美感又不失真。聽得容易做來難，對著照片我總會想如實地呈現，這解答了我對著雜亂招牌手足無措的心情。

想起我的拍照風格，喜歡拍特寫，不知不覺忽略了周遭的景物。沒留意過路上的行人、小貓小狗的奔跑，不要說機車屁股，連腳踏車都陌生。生活中有許多有趣的事物，但自己總是選擇性地注意，限縮了對於美的想像。

果然是平凡中見真章。凝視楊老師的畫作，有股隨手拈來的痛快，畫筆在他手中如同話語般，正講、倒說無礙，想傳達的東西清晰不造作，坦率自然。我想那是清楚知道自己要什麼，突然明白了我應該好好練習用這枝筆，到與我融合為一，無罣礙，直到回答我為何而畫？所為何來？

二〇二三・四・三

書寫

與世界建立深刻的互動關係

學期已屆尾聲。這學期如往昔忙碌，然而回首來時路，多留下一條軌跡，那就是「Ching's Notebook：行有餘力則以學文」部落格。每週我至少寫一篇網誌，從二月開張迄今，一共寫了三十三篇。四月中旬以後要從繁忙的工作抽出時間撰寫網誌，老實講常常有一種在夾縫中過生活的感覺，儘管如此，還是寫得很歡喜。

有學生問我：會不會有壓力？當然不會，因為是做自己所愛的事。這算不算孔子所說的：「求仁而得仁，又何怨？」（《論語》〈述而篇〉）。說到「求」字，不禁自問：所求為何？

借用黃武雄教授在《學校在窗外》一書中人存在的三種原始趣向：「維生、互動與創造」的說法（註），深深地感受到撰寫網誌，抒解我某種創造的慾望，並增添生活的色彩。雖說我寫的東西，如「孟加拉的鄉村銀行」源於上課的內容，但是將之寫進網誌當中，脫離維生的工作意涵，成為生活的一部分，燃起我對於生活更大的熱情。

再者，書寫網誌讓我與世界多出一些連結和互動的管道。這互動有好幾個層次。最淺的層次是將文章分享出去，創造了我與虛擬世界讀者的連結，這屬於社會層次，關於這點，反而我並不完全確定其意涵。然而，從少數同事和學生面對面，及朋友們在臉書上的回應，我得到一些共鳴，知道原來某些朋友也關心某個議題，感受到自己與人及社會多了一些連結。

為了撰寫網誌，我主動閱讀相關的資訊，學習到以前所不知道的東西。換句話說，透過知識層次，我與這世界建立新的互動關係。例如：從「黃色小鴨」中，不僅學到海洋環流的知識，更認識到海洋垃圾對於地球的毒害。尤其，無所不在的塑膠非但成為海洋生物誤食的對象，其所釋放的環境賀爾蒙，正透過食物鏈，全面地危害地球的生物。

最後則為各該主題與我個人內在的關係，這種互動屬於心靈層次的意義創造與肯認。例如在〈經典桃花源〉一文中，我反觀並肯定閱讀經典在自己身上產生的作用。孟加拉鄉村銀行和埔里一新社區的綠色保育個案，再度連結我對於翻轉世界的渴求，肯定「互助合作」是美好社會不可或缺的法則。至此發現：原來我這麼渴望從維生的生活型態中透脫出來，而與這世界建立更深刻的互動關係。

二〇一五・六・二八

註：黃武雄（二〇〇六）。**學校在窗外**。新北市：左岸文化。

鍛鍊發現美的眼睛

由於「Ching's Notebook：行有餘力則以學文」部落格的宗旨為分享生活中的善美，有朋友質疑：「只講正面的東西，會不會變成壓抑人格？又如何面對種種負面的情緒和想法？」這真是個好問題。的確，為撰寫網誌，我會設法體會見聞念觸裡透露的正面訊息，但這不意味要昧著良心把負面的事情講成正面的，以及將負面的情感壓抑下來。

生活中當然會碰到許多負面的事情，打開報紙，每天都在報導，避之唯恐不及，不需要我再去添油加醋。抱著這樣的心態，這十多年來我家裡早就沒有電視了。國內外重大事件必要時再去瞭解，如此可以避免心識受到汙染。盡量也不談論是非，舌根與耳根都較為清淨。

這幾年學佛中，我學到許多排解憂悲苦惱的方式。例如用認知的觀點去轉化，《入菩薩行論》上有句話說：「若事尚可為，云何不歡喜，若已不濟事，憂惱有何益？」（註）。許多時候，事情沒那麼悲慘，但是人總是苦惱在前，其實那對於解決問題非但沒有幫助反而有害；還沒上戰場就把自己弄得苦兮兮，如何能打勝仗？

還有，每每對著境界的當下，似乎有強烈的情緒反應是很合理的，然而離開了那個時空之後，有時竟然不記得為何當時爆發那麼大的情緒。既然感受常常變來變去，又為何執著那個認知和情緒呢？這點真是我必須認真學習的功課。

進一步，將想法用文字寫下來，有將之凝固在某一個時空脈絡的作用。事後反覆閱讀會加深個人對於那件事情的看法。將自己一時的負面想法記下來，告訴別人，再反覆串習，對自己、對別人有什麼好處？相反地，從生活的點滴中找出美好的事情，記錄下來，再度回顧時，美好的感覺浮現，讀了自己都高興。兩者相較之下，苦樂立見，離苦得樂的本能讓我選擇後者。

更重要的是美醜往往是心的顯現，而不是境界的問題。就像我沒茹素之前，不知道哪裡有素食館，茹素之後到處發現素食館。有句話說：這世界不缺乏美，而是缺乏發現美的眼睛。這幾個月我真的體會到這點，而且肯定這發現美的眼睛是可以鍛鍊的。

二〇一五．七．一

註：《入菩薩行論》作者為寂天菩薩，是學佛弟子發菩提心，行菩薩行的重要依據。

培養正向思考習慣

撰寫「Ching's Notebook：行有餘力則以學文」網誌已經滿一年了，很高興自己能夠堅持到現在。在這過程中，我有很大的學習與發現。與其說是分享善與美，不如說是培養自己正向思考的習慣。今天有朋友問我：你寫的事情有些是多年前的經驗，那是你以前就這樣想的？還是現在的想法？或許可以這麼說，經驗早就深刻地烙印在我心海當中，然而對於事情的詮釋，和我現在的心境是有關的，更反映了我在佛法上的學習。

非常感恩師父上日下常老和尚教導我「觀功念恩」，亦即要看別人的功德（優點）和對自己的恩德。用這樣的角度去看待周圍的人事地物，會發現自己比較容易處於正面的心態。在我的網誌裡，有一些事情非常明顯是善的、美的，寫起來當然很容易，套用師父的話，那些叫做「顯而易見的」深恩。還有一種是「觀察可見的」，撰寫之前需要靜下來仔細想想。還有一種是「逆境可見的」深恩。過去一年來，我在後面兩部分上有很大的學習。

在逆境可見的深恩上，以我撰寫〈減少塑膠濫用，還我清淨家園〉那篇網誌為例。多年來，我對於塑膠所產生的環境荷爾蒙原本就有些焦慮，但是不想在網誌中只呈現負面的訊息，卻又因為找不到出路，因此文章寫了一半就放在那裡。直到後來有機會看到看守臺灣協會與一些團體共同發起「建立『回收 Web 3.0』減少塑膠濫用，還我清淨家園」的連署活動，於是順勢將文章的後半寫出來。

從上述的例子，一方面非常感恩看守臺灣協會等團體開闊我的視野，另方面也印證了師父所說的，「角度要寬廣」才得以從逆境中找出路。在撰寫網誌時，有的時候真的是觸境逢緣，很快地想法就出現了，我想那背後的觀點應該是長久不斷地練習的結果，師父所說「串習要足夠」果然是真的。

寫完網誌通常我會覺得非常舒暢，處在一種很歡喜的狀態。好像自己跟周圍的環境產生了某種連結關係，是以前所沒有的；更瞭解怎麼擺放自己這顆心，會跟周圍比較和諧或更積極。不知道這算不算師父所說的「認清心和境」及「因正則果圓」？還有，從一開始，我就相信生活中處處有善和美的存在，只要停、聽、看，正面的意義就會從中浮現，這大概就是「修信為根本」。

過去，我並很不認真學習觀功念恩的方法，現在仔細對照師父所說的觀功念恩的五總則，竟然就這麼一一浮現。真的很感佩，謝謝師父！

二〇一六・二・二〇

觀機逗教寫作學問大

在生活中，我們常常不自覺地將許多事情或人排比，覺得做某些事情比較有價值，某些事情則否。然而，這些評定背後的標準是不是那麼有意義呢？舉例來說，在我所屬的學術圈有一種氛圍，認為撰寫教科書是不具學術價值，要實徵性的研究論文（即有數據、證據的分析性論述）才有價值。在教授升等時，教科書是不被列入其中的。

老實講，在這樣的風氣下，過去二十多年來，我寫了許多研究論文，但是沒寫過教科書。直到發現，國內成人教育領域竟然沒有多少教科書，以致於學生沒有基本的書籍可讀，才發現事態嚴重。為普及並傳承這個領域的知識之故，在和幾位同道討論後，我們決定一起撰寫成人教與學的教科書。

話說這整個夏天我幾乎都在寫作，寫三種文章—研究論文、教科書以及網誌。發現雖說寫作不外乎起承轉合，但是撰寫這三種文章還真的需要不同的能力。這些年來因撰寫研究論文，我學到引經據典、統整證據，加上分析和思辨是必備的條件，然而寫教科書似乎不是這麼一回事。

生平第一次撰寫教科書，試著揣摩怎麼寫。發現研究論文的結論是作者的創見，因此極可能是暫時性的。教科書重點在傳遞某個主題基本的概念與理論，所以它的內容是比較恆久的。所以撰寫教科書需要廣博的知識基礎，找到具代表性的知識內容，將之鋪陳清楚，最好層次分明，然而不見得要含括詳盡的思辨過程。

至於網誌純屬個人知性和感性的綜合，若寫成像教科書就太枯燥了，又若寫成專論的形式則太複雜，到頭來沒人想讀。同樣的素材可以寫成三種文章。就以我之前寫的網誌〈走在「成人」的路上〉為例，用的是我上課的筆記。在改寫過程中，因揣摩讀者閱讀的心境，於是在介紹過人的年齡關係到人與時間的關係之後，將「反觀自身，看到周圍教壞囝仔大小的社會亂象」拉進來，鋪陳介紹傳統儒家思想中對於成人的界定。如果在教科書中，就是直接介紹。若是撰寫研究論文，恐怕要對於古今社會文化脈絡作一些剖析，再加上一些證據，論述才會透徹。

至此，體會到寫作固然是種表達，然而為讓人能夠瞭解，必然要考慮讀者的特性。佛法中有個詞彙—「觀機逗教」，意思是說講法的時候要設身處地，因應對方的條件、使用對方聽得懂的語言，如此才不會引起對方的煩惱。突然發現不僅寫作的學問大，更體會到切莫自大，沒有一種恆常的標準評定一件事情的價值。

二〇一六・九・一四

寫作轉動生命

在持續練習中觀察自身的經驗；
在生活細微處發現思惟的素材；
在遠近取景裡照見有情的生機；
在寫作的起承轉合中增廣見聞；
在構思中找尋見聞念觸的意義。

從去年二月八日到上週日十一月十三日，我在「Ching's Notebook：行有餘力則以學文」部落格共撰寫了一百篇網誌，並分享給超過兩萬人次的親朋好友。不到兩年的時間，我做了一件自己從來沒想像過的事情。只憑藉著單純的想法：想將善與美分享給大家。

「一切無害業，令身力行之，願彼見我者，悉獲眾利益」（註），這句話一直掛在網誌上面，當作座右銘。然而，回首這過程，獲益最多的是誰？當然是自己。物換星移剎那生滅之際，我為自己創造了另一個空間，在有意、無意間轉動了自己的生命。文首的幾句話是我寫作的歷程，文末則是我的收穫，分享給大家。千里之行始於足下，當珍惜！

長養自己發現善與美的眼睛；
體現寫作諸多的樂趣和竅門；

注入另類活力於單調生活裡、培養新的嗜好穿透繁忙工作；
建立與親友溝通的媒介、結識網路世界新的朋友；
發現並肯定自己柔軟的一面。

二〇一六．一一．二〇

註：「一切無害業，令身力行之，願彼見我者，悉獲眾利益」偈頌出自寂天菩薩的《入菩薩行論》（簡稱《入行論》）。在佛法中，每我們心想、口說及所做的事，都會留下痕跡—「業」，都會有影響力。所以要發願造的業能讓人都得到好處。如果讀者留意的話，這部落格除定期更新網誌外，我還在右欄中抄錄了一些智慧語錄，大都是過去我背誦過的《入行論》偈頌。

寫作是實踐的存有

昨天郵差送來禮物，是臺南社區大學「土道公民寫作社」出版的《以筆喚公民：公民寫作的故事》套書（註），才想起我曾為它寫序—〈果然公民寫作是實踐的存有〉。來得正巧，我正在回顧二〇一六年所做的事情，發現這一年不斷地在寫作。

前幾天才完成國立空中大學教科書《成人學習與教學》的四個章節，大大地鬆一口氣。雖說寫的是自己教學的主題，但是那過程還真艱辛。八、九個月來，每個週末都在寫。每篇文章構思時，都經歷渾沌的焦慮，並招來腸胃的抗議。好不容易架構出現，著手進行時，順逆情境交錯。順的時候就是多年來撰寫的讀書摘記一下子都派上用場。那一刻，好感恩大學時代歷史系的訓練，還有電腦的發明讓這些摘記得以保存。

然而不得不承認，過去的閱讀是有疏漏的，只好硬著頭皮努力閱讀補足。到高雄師大這麼多年，從來沒有如此頻繁地借書。感激高雄師大豐富的藏書！為讓每個章節有同等的深淺度，有些內容必須割捨。相較於撰寫研究論文，撰寫教科書必須面面俱到且不能率性而為，那真考驗我的習性。

過程中有時不免自問：為什麼要這麼辛苦？我又不缺教科書。當初只因看到國內成人教育領域缺少適當的教科書，學生的學習流於片段；成人教育系所少，一般出版社對這領域論著興趣不高，好不容易國立空大願意出版，機會難得，可讓成人教育傳承下去呀！

不敢說「求仁而得仁」，然而如同臺南社大「土道公民寫作社」的指導老師吳茂成所說的：

生活與寫作是一連串的實踐存有。書寫過程就像一扇門，突然打開，迫使我真誠面對看似熟悉的教學主題與習性。時值期末，格外能體會到學生產出論文的痛苦，渾沌期固然難捱，看不到盡頭最為辛苦。但是耐心以對，路是人走出來的，除非自己放棄，這一點省思很想提供學生們參考。還有論文撰寫過程中累的時候回顧初衷，想想許多人都曾經歷這樣的過程，這就是存有。

當然更想推薦這套《以筆喚公民：公民寫作的故事》給大家，閱讀書中那些看似小卻大的故事，感受作者們以筆作為社會參與的工具，多美！借用其中一位作者吳坤峰在《那一片向晚的天空》書中的話：「老，另一種熟成，需要不同的步伐與看見」，各樣的書寫何嘗不是「生命的另一種熟成」！

二〇一六．一二．三一

註：臺南社區大學「土道公民寫作社」出版的套書《以筆喚公民：公民寫作的故事》（二〇一六）共有十冊，分別為《土魠餘》／林淑卿、《向著陽光，生活裡的花季》／藍藍、《那一片向晚的天空》／吳坤峰、《孤獨？我不》／芽米、《堅韌而生，台南的長女》／苓雁、《說吧！塵事》／少女耆老、《說故事的鐵支路》／陳宜伶、《學習是無礙的青春》／碧海、《離地的象》／徐詩沛，及《饅頭阿嬤學寫作》／董育嫻。

網誌豐富我對成人教育實踐的想像

經營「Ching's Notebook：行有餘力則以學文」部落格第四年了。為什麼花時間寫網誌？並且以瑣碎、不起眼的食衣住行育樂作為主題？絕對不是閒著沒事幹，只為嘗試走出既定的生活軌道，看是否可以創造學術實踐的另一種形式。

總覺得成人教育不面對日常生活又復何求？選擇書寫，是因為自己的條件所致。自忖能運用的大概就是既有的學術訓練，如觀察、分析、敏感度、邏輯思考，以及表達能力。不過，老實講，開始時下筆不是那麼容易，寫慣了學術用語，理性表達方式早就蓋過感性，還好練習久了情感自然流露。

由於寫作的題材源於個人的生命經驗，因此書寫本身得到一種熟悉、自在能量的滋養，是一種自發性的自我感，游移於日常實踐與學術殿堂。

不在預期之內，網誌成為我與社會關係，尤其是師生之間的緩衝器。它透露了我某些私領域，如嗜好、態度與行蹤，及價值觀，讓我不再那麼望之儼然。然而，更重要的是它協助我反思個人與生活世界的關係，形成一種對自己的價值觀、態度及理解關係的試煉場。

一百六十多篇的網誌豐富我對成人教育實踐的想像，雖然它難以動搖環伺周遭的學術高牆，不過我仍匍匐前進。

二〇一八．一〇．一五

從書寫到獨處

獨處還是想說話怎麼辦？對自己講！我常用書寫的方式，算是一種獨白，但是書寫的功能不僅於獨白。

先說我怎麼透由書寫自我對話。從小到大，斷斷續續我有撰寫日記的習慣。許多時候日記像似流水帳，不過，寫久了常會淘出金沙，這鼓舞我繼續寫下去。舉例來說，有時一天下來負能量沒有出口，書寫日記正好開了一道宣洩的閘口。奇妙的是撰寫的當下，負能量常有另類的轉化，或許是拉開了距離，帶入不同的視角，過往其他的經驗也可能跑來一起討論，那時負面材料反而讓我更認識自己、接納自己的狀態，因而闔上日記本之後，讓我較能平心靜氣繼續前行。

今年初我在屏東縣總圖書館買了一本《讀曆書店》，就是一本桌曆上面有三百六十五則臺灣作家短語，也成為我對話的對象之一。年初買到這本桌曆時，我發下了誓願，拼貼專屬於自己的讀曆小卡，每天給自己一句話，在睜開眼睛之際或安然睡下之前，讓每天都有一個獨立存在的理由。

由於讀曆小卡不像日記可長篇大論，所以我的做法是設法從每一天的生活中提煉出重點，寫下一句話、標示一個關鍵字。有時日記不知道寫些什麼，並非這一天沒發生什麼事情，而是太過紛雜。那時只要瞄一眼桌曆上的佳句，多少啟動我的腦袋。換言之，短版的日記就寫在撕下的日曆紙背面，長一點就寫在日記本，為生活種種做一總結，不愧於過去的二十四小時。

透由上述的書寫，有些想法較為成熟覺得可以與人分享，那時我就改寫成為網誌。不過那又是一番工夫，因為要清楚地說出對一件事情的想法，完整撰寫一篇網誌，需要花一些時間。

就這樣，獨居的我用書寫來自處。書寫時我特別容易安靜下來，下筆時給自己多一點時間思考，找到對的語彙描述內心的想法，寫出來的東西有安頓自己身心的作用；因為書寫整理見聞念觸，對事情的敏感度、思惟的細緻度相對地也在提升當中。我想我不僅從書寫中淘出金沙還撿到寶石，真是一舉多得。

二〇二二・七・三一

運動與休閒

運動，我是可以的！

自從六月初得到一只小米手環後，彷彿注入強心劑堅固我的運動習慣。我設定每天走一萬步，從開始到現在，除了中間有二個週日忘記戴上手環外，每天我都達標。記錄上顯示，我連續六十天達標。回想這過程，我還真的很認真地健走加慢跑。曾經颱風下雨時撐傘健走，白天沒達成任務，夜晚繼續走，乃至為了補上那幾步，在家裡來回巡邏了好幾趟。

為什麼我會這麼認真運動？那一萬步是自己的設定，除了達標時手環上的三個光點會發亮且震動兩下外，並沒有別的酬償。我想很重要的是，發現我是可以做得到的。

從小不運動、體育成績都在及格邊緣的我，從來不覺得我跟運動會扯上關係。這兩、三年從散步到健走、慢跑，先是沒走多久就累呼呼、滿臉通紅。之後，走著走無意識間步伐自動加快，而當臉不紅、氣不喘時，自然舉步跑了起來。猶記得開始跑步時，背部彷彿背了一塊陳年的砧板，又硬且發出霉味。一陣子下來，砧板脱落，步伐雖仍小、速度也不快，但呼吸穩定下來。接著如果沒想太多，總是可以多跑一些時候。

五月底，學生歡慶畢業校園慢跑，那次跑了三公里，更肯定自己是可以跑的。謝謝學生千華，好幾次邀請我報名參加健走或慢跑活動。雖然我對於跑長距離還沒有信心，但竟然有人邀我一起去跑步，那可是生平頭一遭。

自從養成運動習慣後，每天總會找時間運動。一早會先估量整天的行程中有沒有運動的機會。若沒有機會，就找空檔，藉機會上下樓梯，走長一點的路去搭公車、用餐或買個東西。出差在外地過夜，清晨趁大家還在睡覺時，換上運動鞋，在旅館附近街道健走，順便認識當地環境，也是一舉兩得。每次這樣做下來，總覺得好似忙裡偷閒，不再被眾多事情牽著鼻子跑，並且生活變得較為紮實。

話說回來，一萬步大概是我每天例行的步行量，加上慢跑或健走四到五公里的運動量。這樣的運動量是我能力範圍可及的，然而要持續地做，則必須經常提醒自己，小米手環適時地扮演了這個角色。有句話說「慢慢走快快到」，如果沒有前面幾年一步一步地體會到運動的好處、增長的信心，我想小米手環還是很難發光震動的。

二〇一六．八．一四

運動，我的新朋友

運動，這四、五年我重新認識的朋友，他雖然沉默寡言，但是很願意幫人。

小學的時候，他很隨和跟著大家一起嘻笑、跑跳，但不聒噪，也不曾引起我的注意。

國中的時候，據說跟他在一起成績會被拖累。他總是孤獨地徘徊在操場的一角，遠遠看著大家在教室裡上課。

高中的時候，體育老師特別寵愛他。他發威了，長跑、短跑、游泳、排球、籃球，跳高、跳遠大展身手，讓人害怕，只想和他保持距離。至今沒忘記，被他害到兩腳膝蓋經常受傷。

大學的時候，想起高中那段慘痛的交往經驗，遇到他時，能閃就閃，不然就虛應故事一下。

大學畢業到讀碩士班那段期間，他委婉地請友人教我打羽毛球、練太極拳。一下子我被他吸引，覺得他還有蠻有趣的。不過他還是拚不過書本，我不認為是那麼需要與他深交。

碩士班畢業，我忙著與工作交往，雖然有時候會想念他，不過就是偶爾見見面，打打羽毛球罷了。

去美國讀書時，好心腸的他透由腳踏車來解我寂寞，只是那時我一心追求學位，感受不到他的好。

到高雄師大教書之後，我與工作熱戀，二十年間幾乎忘了他的存在，直到視茫茫、髮將蒼。他看我這樣下去，有一天會被工作拖垮，主動邀我去散步。就只是散步，不會妨礙我與工作的關係，他如是表示。

在他的循循善誘下，我發現他還真有兩下子。不僅幫我解憂、鬆動筋骨，還讓我腦袋清醒一點，知道如何再接再厲回去與工作相處。

和他交往一陣子之後，他摸清楚我好強的脾氣，透由小米手環和我進一步建立關係。足足有三個月，我每天都和他一起健走一萬步，直到手環被我操壞。

健走久了，我開始想學他跑步的姿勢，那是我向來陌生害怕的一塊。還好他不勉強我，跑一圈操場也好、兩圈也行。總是默默地陪伴我，讓我自己去覺察與他交往的好處。

真的，在他的調教下，我的體力變佳、病痛減少。至少每次和他相處之後，我臉色紅潤、神采飛揚，那是我和工作熱戀時所沒有的經驗。就這樣，我發現我越來越喜歡他。

二〇一八・六・一八

戴上運動手錶自我覺察

三個月前我換了一只新的運動手錶。從那時到現在，除了十二月初有一天因流感之故沒達標，每天我都走一萬步以上。為了睡足十小時，每天在十點半前後就趕緊上床睡覺。因設定從早上九點到晚上八點，每小時起身走動二百五十步，有時上課上到一半，還要忍著不能馬上站起來。三個月下來對自己多了一點認識。

雖然近年來已養成運動習慣，戴上手錶，設定目標更給了自己前進的動能。為了每天走一萬步，我觀察天候，更關注空汙，深怕當天不能在戶外運動，不得已也曾在室內、走廊快走。估計一天的行程，必要時搭乘捷運，製造轉乘和下車走路的機會。中午陽光強一點，空汙似乎散掉一些，走遠一點去用餐。總之，把運動當一回事看待。

這手錶善巧的回饋機制添增我不少的樂趣。每到整點前十分鐘，它總會輕微地震動，並出現字眼如「要不要散步？」，當我走了二百五十步之後，它再度震動，之後出現諸如「易如反掌」和「已經得分」之類的勉勵語。

而當我完成目標時，它不僅會震動，之後火箭衝出錶面、煙火迅即散開，然後兩隻腳丫、一顆星、一萬步逐一從煙花中浮現。睡眠品質的畫面也經常出現一些勉勵的句子，譬如形容我像百靈鳥早睡早起之類的語句，好溫馨！發現原來行為主義講的那一套制約理論對我還蠻管用的。

每天觀察睡眠品質紀錄，有一點小小的心得。相較於同齡女性，我睡覺中醒著時間較少，輕度睡眠時間較多，REM（快速眼動期）和熟睡時間都還在基準值的範圍中間偏低，有改善的空間。

輕度睡眠時長可能跟白天太累有關，每天到固定的時候，我就會醒來，因此為了有充足的睡眠，早點上床睡覺是必要的。

雖然這手錶還可做營養和身體管理，不過除了設定了體重目標、偶爾將體重與體脂肪輸入之外，我並沒有做飲水量紀錄、飲食計畫等。因此，它提供的各種資訊，有空時則看看，譬如活動與運動消耗的卡路里、完成的公里數等等，但沒認真去分析箇中的意義。這就體會自己的個性，對於繁瑣的事情其實是很不耐煩的，也喪失許多成長的機會。

沒有外來的媒介，走在慣性的軌道，對自己不會有更多的認識，談何改變的可能性。戴上運動手錶，提醒我聆聽心臟的跳動、體察身心的波動，讓我知道活在怎樣的軌道會更好。

二〇一九．一一．一一

健身房運動初體驗

去健身房運動屆滿一個月，這對我而言，是前所未有的經驗。學生時代體育成績超差的我，根本是個運動絕緣體。然而，隨著年紀愈大，開始感受到體能不會自動送上門。因此四、五年前開始勉強自己從散步到跑步，就在學校操場、家裡附近的公園。別小看這簡單的運動，原本的蘿蔔腿竟然變成大象腿，尚好堪慰的是有養成日行萬步的習慣。

偶然機緣下發現自己的上臂和身軀沒什麼肌肉，對著牆壁推力道有限，往往沒兩下就不了了之。再加上，以前總認為運動就在戶外空氣才好，這兩年空汙嚴重，讓我開始考慮是否去健身房運動？

我對健身房是沒什麼概念的。就這麼巧，二月底發現住家附近開了一家健身房，原本只是去詢問一下。那天竟然毫不猶豫地簽下兩年期的會員，還買了二十四堂的教練課，老實講所費不貲。我應該是想開了，與其有一天被推著輪椅去公園散步，不如現在自己主動運動。

就這樣，我每週上兩次教練課，有空就去健身房。運氣不錯遇到好教練，很有次第地協助我鍛鍊手臂和身軀。我這才知道身體許多肌肉的名稱，而那些運動器材各自負責不同的部位。過程中，教練除了教我如何使用正確的姿勢運動外，並且頻頻觀察及詢問我的反應以做調整。雖然才一個月，我對身體各部位肌肉的反應似乎較敏感了。真正感受到術業有專攻，我付的鐘點費更是高貴不貴！

二〇一九・四・七

跳出溫水蛙的日子

上完二十四堂教練課程了，從三月初到五月下旬，有挑戰但不構成負擔。課程過半以後，不只一次問教練：你不是在訓練運動員吧？教練笑著回答：你有潛力。接著，我總是喘吁吁地告訴他，我怎麼補考熬過高中體育課，又如何在大學時規避體育課。學生時代從來沒喜歡過運動，反正就是照著指令跑跳，為的是體育成績能過關，當然談不上對於自己身體的感知。

奇妙的是在過去將近三個月期間，我的身體似乎慢慢活過來。能感受到身體許多部位細微的反應，注意到自己行住坐臥的姿勢，終於明白我跨步時重心擺錯，以致上樓梯步伐不穩。胃口變得好很多，多年來的脹氣和消化不良轉好。運動後難免會有些痠痛，接受它並學著放鬆肌肉。

運動帶來的好處之一是「放鬆」—對自己、對生活及對他人。因為放鬆，臉部多了一些笑容、重新排比生活的重心。不能說百分之百，但時間到了就去健身房，該睡覺就放下手邊的工作。現實生活中還是被工作追趕著，但是有些事情變得不再那麼重要，壓力自然大不起來，循序漸進更有可能。

走在熟悉的生活軌道，安全且舒適但就這般任歲月牽著走。怎會料到三個月前小小的決定，烙下迥異於前的生活體驗，享受運動樂趣之餘，更激勵我跨出去嘗試一些不曾做過的事情。生命有諸多的可能，對自己更有信心了。順便一提，經過這般訓練，我的體重增加四百公克，但體脂肪減少六百公克。很開心跳出溫水青蛙的日子。

二〇一九．五．二五

專注在呼吸

專注在呼吸！這是瑜珈老師每次上課前必定交代的，突然很有感覺。這陣子睡前練習靜坐放鬆，大部分就是坐個十來分鐘，狀況好時手會開始溫熱，之後腳也會跟著暖和起來。

前幾天下雨，傍晚時分只得在室內做有氧運動，或去大樓中庭超慢跑，心想這樣總多少有一些熱血時間吧！我的運動手錶會自動計算熱血／適中運動的時間，要心跳達一百一十以上才有，包含適中和激烈程度，激烈程度時間計算為適中程度的二倍，我設定每週要達兩百分鐘。

去年買這手錶沒多做了解，平常用來計算步行步數、跑步距離及運動時間。由於它有心率和壓力指數等，壓力指數過高時會提醒我放慢呼吸。此外，它還有許多內建的活動，我僅使用了步行、跑步和有氧運動功能。最近啟用了肌力訓練，才發現它記錄了許多我看不懂的數值。

話說那天在家裡做了十五分鐘左右的基礎有氧，查看心率赫然發現：我竟然將有氧運動跳成無氧耐力運動—心率過高（平均超過一百四十），大事不妙！索性將過去各個運動數據紀錄全部翻出來看。

這下子，調整呼吸變成我的必修功課。以前一心只想到數據—多走幾步、多跑一些距離和時間，乃至多做幾次肌力訓練，沒有特別關注呼吸調節，想練的部位、想達到的效果反而沒能做到。難怪我這麼努力運動，非但體脂肪一直上升，手、腿、軀幹肌肉還是逐漸流失。

這幾天從專注呼吸開始，練了肌力、健走與跑步，果然改善了一些。體會到豈只是瑜珈和靜坐，運動時配合調節呼吸更屬必要。難怪古人說：養生之道在於「吸新吐故以練臧（五臟），專意積精以適神」，這真有得練了。

二〇二二．二．二七

四日登六座小百岳記之一

疫情期間，二哥、二嫂瘋爬小百岳，從北到南，已經有五十多座了。三月六日到九日，連同大哥借住我家，我們預定爬六座。

第一天（三月六日）大哥等一行人下了高鐵，一點不浪費時間，早上先從第二級的高雄大社觀音山開始，算是暖身。距上次去觀音山應該有二十年了吧？印象中爬觀音山要經過寺廟，但我們沒有從那條路上山，反正條條大路通山頂，重點是要抵達三角點。

下午爬柴山。二哥、二嫂爬小百岳的樂趣就在找到三角點，他們的手機 APPS 在抵達三角點的某個距離內會作響，這增添了登山的樂趣。這些年來我偶爾爬柴山，走走階梯、看看猴子，總不出那幾條路線，也沒見過三角點，問高雄的朋友們，沒人知道在哪裡，書上只放了雅座的照片。

二哥不死心，沿路對照地圖、詢問山友，竟然有山友回答：我不能告訴你們，總之往某地方去就是。原來在軍事管制區內。柴山是珊瑚礁岩，陡峭的山路多少要攀爬，還好二哥帶了備用手套，讓平時少有爬山經驗的我第一天安全達標。

七日早上八點準時出發，因為要去高雄桃源的藤枝山，它是中央山脈南段的支稜，光開車就要二個小時才能抵達。車下國道十號，里港沿路都是砂石場，車子剎時灰頭土臉。沿著藤枝林道，櫻花公園和藤枝國家森林遊樂區中間有一路段正在施工，登山口早就不知去向。二哥眼尖，竟然在前面六百公尺左右地方找到山溝入口，循著山友留下的記號，我們穿過樹林攀爬而上稜線。果然是藤枝山樹藤特別多，更利於手腳並用。忘了爬多久，總之，腳程特快的二嫂手機叮噹響，總算達陣。

出發前，我們小看二級的藤枝山，以為中午可以稍事休息，之後再上甲仙的白雲山，等大伙用完餐已經是下午三點了。白雲山是第三級小百岳之一，主稜源自玉山山脈，海拔高度一千零四十四公尺。我們走了將近一小時蜿蜒的爬坡產業道路後往上攀登，石頭加上乾燥的泥塊，只得手腳並用。上山憑毅力，下山靠技術，沒技術的我憑本能蹲低身軀、放慢速度，坐到地上一步、一步挪移。上山時不知山路之陡，下山只得向二哥借登山杖，多少協助緩降坡度。

二天成果：四座小百岳加上小腿酸痛，大腿內側肌肉也好不到哪裡。

二〇二一．三．一〇

四日登六座小百岳記之二

四天登山之旅進入第三天（三月八日），目標為屏東瑪家鄉的笠頂山，它位於屏東平原東緣、大武山西稜支脈盡頭。沿山公路旁鳳梨田新株正冒新芽，紅紫襯翠綠一片生機。這回我們很快地抵達登山口附近的佳義國小。遇到兩位山友，熟門熟路帶領我們走三號路線。沿途都有山友編號的路標，共有九十號，意思是九十分鐘左右可以登頂，很有鼓勵作用，又可增長知識認識周圍景致。好心有好報，謝謝不知名的山友們！

有了前兩天的經驗，這次我從山下就開始練習使用登山杖。畢竟是紮實的三級小百岳，還是一樣需要拉緊繩索、穿梭樹林小徑攀爬而上。搞不清楚東西南北，就跟著繩索標誌前行，直到看見山頂透出的亮光一定對！找到三角點，拍了照，稍作休息，我們就下山。大哥建議走另外一條陡的山溝，以為會比較快，結果難度大增，一點也沒縮短路徑更沒有省時，倒是多練了很多腿力。

下午回程時，我們順道去了田寮的月世界，這算是買一送一，我可以導覽。相較於早上陡升五百公尺的登山經驗，月世界的觀景台就不算什麼了。去年我去了兩次月世界，抬頭望向高聳的階梯，沒勇氣上去，這回登台還可拿起相機拍。不過，我還是喜歡一百五十六階天梯上的月池，雖是枯水期，池面倒影依然如昔，好美！

九日邁向此行最後一座小百岳—高雄的旗尾山。當然要繼續使用登山杖，因為昨晚奇妙的事情發生，我腿沒酸、腳不痛。旗尾山是玉山山脈最南的餘脈，路上遇到山友走一號登山口，據說要攀岩而上，我們走三號登山口共有九百四十一個階梯。路況很好，但是階梯有夠陡，很不利於腿短的我。

果然是玉山的餘脈，登頂後視野遼闊，放眼遍覽旗山溪和美濃平原，只可惜空氣汙染嚴重。上山容易、下山難，收起登山杖，我用雙手抓緊欄杆側行而下，一點不敢輕忽。下了山，直奔旗山糖廠，酵母冰淇淋入口化成滿滿的兒時回憶。當然也順便去旗山老街、天后宮朝拜一下

不敢想像此刻我可以精神抖擻，振筆疾書過去四天的登山經驗：六座山，包括二座二級加上四座三級小百岳，真的是破我個人紀錄。年過半百，難得北、中、南家人聚首，一起練腿力，謝謝二哥、二嫂及大哥的同行，沒有他們我一個人不可能上山，更不可能達陣。

二〇二一・三・一〇

旅行與多元文化

入境問俗穿夾腳拖

最近去緬甸訪問。過往為禮貌故，在正式拜會的場合，通常我會端正衣著、足履包鞋。這次行前被告知要準備一雙拖鞋，因為進寺院是要脱鞋子的。為慎重故，我內心揣摩了一下，特地買了一雙輕便的拖鞋（不是那種浴室的藍白拖，但也不是室外拖鞋），想在室內走動舒服一些。

沒想到，抵達緬甸下榻五星級飯店，領隊就告知，以後出門就穿拖鞋，如此進出寺院穿脱方便，才知在寺院是要赤腳的！生平極少穿拖鞋在公共場合走動的我，剛開始時望著腳下的拖鞋，心裡極不自在，就是覺得很失禮。

之後，在繞大金塔時，聽當地導遊説起，當年英國人沿著伊洛瓦底江上岸，初抵大金塔附近四處探勘。因語言隔閡，不知緬甸人指著他們的腳是要他們脱鞋子、光腳繞塔以示尊重，誤以為是要搶他們的鞋子。結果被緬甸人毆打，乃至於造成後來英緬戰爭，緬甸被英國殖民統治（註）。

我沒有深究上述故事的真實性，倒是離開緬甸之前逛了一下仰光的百貨公司。赫然發現，夾腳拖的價格竟然不會比一般鞋子低。仔細觀察更發現，緬甸人幾乎都穿夾腳拖。再次低頭看自己腳上的拖鞋，才覺得真是表錯情。一趟緬甸行，終於體會到什麼是「入境問俗」。

入境問俗方有禮
穿脫自在腳夾拖
禮佛繞塔足貼地
佛國莊嚴最勝缽

二〇一七・一・二五

註：三次英緬戰爭發生於一八二四年、一八五二年、一八八五年。其後緬甸被英國殖民統治，直到一九八四年獨立。

和氣四瑞異中求同

最近與友人談到幾年前一起去不丹旅行途中多次見到的「和氣四瑞圖」，圖裡面有四種動物疊在一起：大象上面騎著猴子，猴子肩上背著兔子，兔子頂著一隻鳥。

那幅圖的故事是這樣子的。在很久以前，某個國家風調雨順、國泰民安，國王理所當然認為這是自己治理國家的功勞，但是有一天，一位智者告訴國王，百姓的安樂是因為四隻靈獸和睦共處所致。

起初動物們也為了誰是老大互相爭執。為了確認長幼，各自發表最初見到身旁的大樹的高度。大象說：「我小時候，這棵樹和我現在的身體一樣高。」猴子說：「我小時候，這棵樹僅是幼苗。」兔子說：「這棵樹發芽的時候，我就看到。」鳥說：「這棵樹是從我吃了別棵樹的果實，排出來的種子長出來的。」

經過這番討論，鳥最年長、其次兔子、猴子、大象，從此四隻動物無論日常起居或者外出行走，都按長幼順序依次相伴。並且，共同發願要斷惡行善，嚴守五戒(註)，進而勸其他眾生也能守戒。在它們的帶動下，森林的動物們和睦相處，整個大地莊稼豐饒。

國王聽了之後肅然起敬，於是下令全國尊敬長老，逐漸形成崇尚倫理、互助友愛的風氣。小鳥就是釋迦牟尼佛的過去世；兔、猴、象分別是佛陀弟子—阿難、舍利弗及目犍連等尊者的過去世。

翻出不丹旅行的照片，這才發現：在機場拍到的一張海報上面寫著：「我們重視差異，並從而建立我們的價值」（We value differences and build on it）。看著海報，想起多元文化教育中尊重差異的概念。尊重差異，老實講不是一件容易的事情，人總是從自己的角度出發看世界，很難想像對方為何與自己見解、立場差異如此之大，對立於是產生。

然而，若仔細思考外表上兩個迥然不同的想法，不必然沒有共通點。這幾年，在學佛的路上，不斷地認識到原來驅動我們言行舉止，背後不外乎「離開痛苦、得到快樂」，這就是自己和他人共同之處。

想到這裡，似乎稍微可以體會別人的訴求或許傷害了我，只因他的離苦得樂本能所致，他的初衷可能不是要與我對立，更何況，我也曾為了離苦得樂傷害到別人。至此發現，尊重差異有了立足點，原來我與他人不是那麼不同。

二〇一七・三・二五

註：五戒為不殺生、不偷盜、不邪淫、不妄語及不喝酒。

差異是學習的利基

記得大三的時候，住在學校宿舍，床的上鋪是一位韓國僑生。年輕的我很不懂事，當她打開心愛的泡菜罐時，我立即的反應是「好臭」，要她拿出去，事隔多年心裡還是很內疚。前幾年有機會觀賞《魚露》紀錄片（註一），第一幕呈現一群本地婦女聞到魚露，紛紛表示「好臭！好臭！」時，上述的記憶湧現。

「魚露就像嫁到另外一國，是一種不能讓人接受的味道」，片頭來自越南的新住民姊妹如此自陳。有趣的是在片中新住民姊妹們也表示：「你們覺得魚露臭，其實臭豆腐更臭！」然而就像經過調味的魚露，在適應臺灣的過程中，姊妹們很努力地學習融入臺灣社會。片尾，本地居民再度品嘗魚露時，不禁豎起大拇指表示：讚！

有句話說：民以食為天。食物的生產反映了地域條件上的差異，飲食內蘊了各個國家社會文化，吃香喝辣的偏好遂成為各該社會習俗的一部分。曾經觀賞過一部影片，陳述東南亞的魚露、中華的醬油、日本的納豆，及韓國的泡菜，呈現了東亞地區醬的文化，是先民為適應當地環境以保存食物所發展出來的產物。從這層次來看，外表上誠然有口味上的差異，本質上的作用卻是類似的。

在與不同的文化接觸過程中，敏覺差異遂成為學習的契機。「在印尼只有老的女人吃檳榔」，初次聽到這句話，與我所知的臺灣大卡車司機吃檳榔的印象大不相同。我連忙蒐集資料，這才了解到檳榔原來是一種藥用植物，且早已出現在《本草綱目》當中，有驅蟲、健胃、止痢，及去瘴癘的作用等。

檳榔甚至在南島文化中婚喪祭祀中不可或缺。越南有個淒美的愛情故事，敘說一對雙胞胎兄弟同時愛上了一位女子，為了成全對方他們不約而同地選擇投河自殺，哥哥死後成了石灰岩，弟弟在岩石旁成了檳榔樹，女子受兄弟情義的感動也投河化成了攀附在樹上的荖藤（註二）。將檳榔當作男女關係的忠實承諾，與終身大事連在一起，也出現在柬埔寨裔新住民姊妹的結婚照片中，用一百顆檳榔串成心字，如同一百朵玫瑰，圍繞著新人。

在上述的跨文化學習中，破除了我自以為是的看事情框架。人雖各有喜好，然而卻深受其所處社會文化的影響。在差異中看到不同文化之間框架的共通性，多元文化的尊重和理解應該就較容易產生。

二〇一八．二．四

註一：《魚露》（二〇〇九）。高雄市：善牧基金會。

註二：關於越南這傳說愛情故事有許多版本，另見懷南著、劉君方譯（二〇一〇）。**檳榔果與荖葉的傳奇**。新北市：狗狗圖書。

一週七天繽紛的命名

最近和學生談起跨文化學習經驗，提到當年初抵美國約同學週六見面，我伸手做出中間三個手指內彎，拇指與小指向上翹的「六」字，沒想到老美同學一臉霧水。才發現原來英文的 Saturday 沒有數字六的意思，並且即便是數字「六」，在美國也不是用上面的手勢表達。從那時起，我開始留意不同國家的語言文字和其文化的關係。

以世界各國對於一週七天的命名為例，可分為「數字制」和「星象制」兩種。我國使用數字制，以一到六的數字以及「日」作為命名的基礎。星象制則以日（太陽）、月（月亮）、火（火星）、水（水星）、木（木星）、金（金星）、土（土星）等與羅馬神衹有關的星體名稱，日本的週日（日曜日）到週六（土曜日）就是典型的代表。

同樣採取星象制，英文的日子名稱主要取自盎格魯．撒克遜人的神話，其中週四（Thursday）和週五（Friday）的名稱來自斯堪地納維亞的神衹索爾（Thor）和弗蕾亞（Freyja）。週六（Saturday）取自羅馬神衹薩圖爾努斯（Saturn）。

緬甸人認為天空中八種星體每週循環一次，並分別用一個生肖代表，週三以中午十二點為分界劃出上下兩個半天，上半日為水曜日，下半日為羅睺曜日。羅睺是古印度傳說中的惡魔，搶奪日月光輝，製造出日蝕和月蝕。八種生肖分別為週日（日曜日）是妙翅鳥、週一（月曜日）是虎、週二（火曜日）是獅子、週三上午（水曜日）是象／公象、週三下午（羅睺曜日）是無牙象／母象、週四（木曜日）是鼠、週五（金曜日）是天竺鼠，以及週六（土曜日）是龍，並且各有象徵意義。

泰國人則根據他們信仰的印度神話，每週七天各對應一顆星，並各有其守護神，與對應的顏色。週日為全身純紅色的太陽神、週一為黃色的月神、週二為粉紅色的火星神、週三為綠色的水星神、週四為橘黃色的木星神、週五為淡藍色的金星神，以及週六的深紫色的土星神。

因為與不同文化的接觸，開啟了我的好奇心，破除諸多自己原來視為理所當然的事情。跨文化的學習就在用心與覺察當中變得多彩繽紛，也是一樁趣事。

二〇一八・一・一三

站上亞歐交界處探訪文明的積累

初踏上土耳其沒想太多，直到領隊提到一四五三年，心頭一震，才意會到正站在東西文明的交界處。那年拜占庭帝國（東羅馬帝國）被鄂圖曼土耳其帝國滅亡。

時序往前拉，鄂圖曼土耳其人的先祖是唐朝西突厥人的一支，是生活在馬背上的游牧民族。五五二年，突厥人擊敗中亞的柔然人，建立突厥汗國。在一系列的戰爭後，六五七年（唐高宗時）西突厥被唐朝滅亡。此舉大唐帝國除消除了邊境的威脅，並控制了西域，保障了絲綢之路。

提起絲路，橫跨歐亞大陸的土耳其最大城市伊斯坦堡是必經之路，更是基督教和伊斯蘭教爭戰的最前線。在一四五三年鄂圖曼帝國征服該城（原名君士坦丁堡）之後，成為伊斯蘭教的中心。難怪建於十五世紀的托普卡匹皇宮（Topkapi Sarayi）高聳煙囪下的御膳房，如今展示著豐富的來自中國的彩瓷、紅釉瓷，及青花瓷等，據說其品質為世界之最。

位於托普卡匹皇宮前面的聖索菲亞大教堂現已成為博物館（St. Sophia Museum）。從三六〇年迄今歷經三代的興建。現存的教堂建於五三二年為第三代的建築，因其巨大的圓頂聞名於世，是一幢「改變了建築史」的拜占庭式建築典範。在鄂圖曼帝國統治下，大教堂轉變為清真寺，鐘鈴、祭壇、聖幛、祭典用的器皿被移去，並用灰泥覆蓋基督一千五百年，見證了數個帝國的興衰史。

不僅如此，土耳其處處可見歷史的痕跡。沿著愛琴海，擁有五千年歷史的特洛伊遺址證明荷馬史詩所載，為安那托利亞與地中海世界文明的重要見證。踏上此地，憑弔三千三百年前木馬屠城記，仍是難以想像人神如何協力大戰。艾菲索斯城（Ephesus）是古希臘人留下的文化遺址，建造於西元前十一世紀。中軸大道氣派猶存，盡頭的圖書館樑柱與藏書空間顯然經過精準設計。希臘城邦之一貝加蒙（Bergama）王國（西元前一九七到一二九年）遺址中尚有宮殿，宙斯神壇，沿陡坡建造的劇場也讓人覺得不可思議。

走一趟土耳其，穿梭在不同時空裡，強烈感受到物換星移。在相互爭戰中，希臘城邦、羅馬帝國及鄂圖曼帝國，乃至大唐帝國的輝煌都成過去。不幸中的大幸，文明還是累積了下來，並且滲透各國土疆界，交融在人們的生活、器物及制度之中。

二〇一八・八・二七

重返・囈憶大稻埕

北上開會，下午剛好有點時間，聽說大稻埕變得不大一樣了，決定去走走。

搭捷運從民權西路站下車，分不清東西南北，問路人延平北路在哪裡？路人遙指遠方陸橋處。走近了，恍然回神不就是臺北大橋嗎？小時候每天上學必經之路，只是當年的橋簡單俐落，哪有這麼長的高架便道，霸佔了民權西路。

從大橋頭左轉延平北路，母校太平國小靜靜佇立在高聳的樹林後，我在圍牆外探頭探腦，很想進去看看，終究鼓不起勇氣。馬路對面永樂國小超小的正門仍如往昔緊閉。

經過半個世紀，走在曾經熟悉的路上，我一路張望尋找似曾相識。先確定載我回家的十四路公車是否仍在？卻只見相仿的六四一路。延平北路上第一唱片行搬家了，應在第一劇場對面轉角，居然門開在保安街轉角。尚好記憶中的銀樓、佛具店、功學社、十字軒糕餅店，以及義美食品陸續出現，只是少了阿瘦皮鞋。

轉入民生西路，臺灣最古老的西餐廳波麗路（一九三四年迄今）還在，對面的杏花閣也如昔。小時從學校走到民生西路口就覺得很遠了，今天我倒是一直走，走到南京西路口，北門城樓在望。

南京西路上滿街的手工藝材料行，毛線、繡線、串珠，想起童年客廳即工廠的歲月。塔城街上一間間布行如故，好久沒有穿訂做的衣服了。現在成衣到處都是，當年沒得買，好不容易做一件衣服，媽媽買布料時總會和店員多要一、兩吋，袖口的花樣、裙擺的折邊就有了。

迪化街熟悉的蔘藥行、滿滿的南北貨之外，多了好些文創商店。整修過的洋樓、日治建築，新與舊比鄰而居，間間門面挺有看頭，以前怎麼沒注意到？雖然不是放假日往來行人還不少，這一路上我至少遇到三群中學生，顯然在做戶外教學。看來迪化街轉型還蠻成功，不消說吃的、用的東西，連郵局都讓人驚喜。

大稻埕變得與童年的它大不相同。為了確定我還認識它，買一張大稻埕地圖研究一下，順便向年輕的店員提出我對於第一唱片行位置的疑惑，以及地圖上沒有阿瘦皮鞋等等。

走了二、三小時，一路上不斷向我招手的糕點、飲料、小吃威力終於猛然爆發。不由自主地，我踏進了一間不知名的店，展示著各式古早糕點，選了桂花芝麻鬆糕。入口才知道原來外層是用米做的，與包在裡面的餡配搭出一種淡淡的甜味，附贈的一小口茶更為芝麻糕襯托出一股香氣。

才踏出店，抬頭看到對門賣杏仁豆腐，又是首選。只是端來時真的有點失望，豆腐沉入湯汁中，平凡無奇，是原味的。不過舀了一口發現，那看似平淡的湯汁咬起來竟然有點口感，是杏仁起了作用，挺有味道的呢。

此行味道雜陳，說最後一件—太平天橋。回到延平北路上，就是那座從母校跨去永樂國小的人行陸橋，那可是臺北是最資深的陸橋！有多古老？建成時我才小三。一晃半個世紀過去了，有些記憶還真實不虛，但有些也真的模糊了。

二〇二一・四・七

隨順因緣與驚喜

一個要想望綠色天地、一個想和老朋友見面，一個想謝謝飯田豐二先生對這塊土地的付出。於是我們去了高屏舊鐵橋和生態濕地公園。選擇這個地點，還有一個方便之處，三個人在不同的車站出發，搭臺鐵區間車不超過半小時就到。

早上八點半輕輕鬆鬆抵達。我雖是提議去那裡的人，但只憑一點點想望。Google地圖也不看，周圍的生態、文史也不知，還是可以的，只要跟著初衷走，同行的人有這樣的能耐，一切就搞定。

飯田豐二是誰？話說一百年前高屏舊鐵橋興建時，主負責人的他年僅四十歲，因為積勞成疾，不幸於未能看到鐵橋開通就過世。興建高屏舊鐵橋要跨越下淡水溪湍急寬闊的河道，當時只能利用枯水期興建；工班五百人，殉職四十六人，所有的鐵道材料都從日本運來臺灣。

一九一三年高屏舊鐵橋建成時是亞洲第一長橋，跨越高屏溪一公里半。鐵橋為華倫式鋼桁架建築，每跨長度六十三點六公尺；橋墩為紅磚築構為主，河水沖擊部位則以四十七公分厚花崗石包覆。我不懂建築工法，光只閱讀說明就覺得這是座兼具工程、工藝與歷史價值意義。它在一九九二年除役，現在是國定古蹟。談到歷史意義，就涉及當年臺灣糖業的發展，需要這樣一座橋輸送屏東平原的砂糖。

想像中的濕地應該有水筆仔、紅樹林，卻完全不是那回事，烈日當頭除了見識不知名的水生與陸地植物外，還遇見曹公圳的水門遺址，聽了同行介紹這條將近兩百年前（一八三七年）以來灌溉高雄大地的圳道。

旅行中有更多的故事發生。還記得小時候的鳳梨罐頭嗎？那種一圈圈去了心泡在糖水中的鳳梨片。參觀了鳳梨觀光工廠，才知道日治全盛時期臺灣有八十三座鳳梨工廠，大樹因產鳳梨，九曲堂就有十一家。現在還有臺灣唯一的鳳梨工廠歷史建築。

下午兩點，南臺灣的太陽既猛且烈，走了超過十公里的濕地，大汗淋漓，貪嘴的我迫不及待點了兩球鳳梨冰沙，熱昏之際早已忘了醫生的交代，冰沙入口喉嚨緊縮、聲音立變，頓時清醒。只得向服務員要了杯開水，厚顏地請她協助連保溫杯裡餘存的冰水一併倒掉。沒想到，服務員還協助先將瓶子洗淨。

這就是旅行的故事，許多的因緣、更多的隨順，還有一些小小的驚喜。

二〇二三・六・二四

環保生活

購買裸裝食物

今天踏出減塑生活新的一步。過去我雖會帶購物袋上街買東西，但是有個大漏洞。因為支持有機農作的關係，我幾乎都在有機商店購買生鮮蔬果，如同一般超市，有機店大部分的蔬果都用塑膠袋包裝。十多年前我開始購買有機蔬果時，的確曾為塑膠袋的使用煩惱過一陣子，然而久而久之，在不知不覺中我就接受了。因此家裡最大量的垃圾竟然是塑膠袋。

通常我會將塑膠袋分類，可用的會回收使用，但是包裝蔬果的塑膠袋都會打洞，回收再利用的機會有限。我只好將之折疊整齊放在另外的回收袋中，滿了以後拿去慈濟回收站。老實講，我並不滿意這種折衷之道，但也沒下決心改變這種購物型態。

上週閱讀了《環保生活一年不會死》(註)一書之後，策勵我下定決心改變購買生鮮蔬果的習慣。心裡大致盤算了一下。我可以每週日早上去農夫市集購買蔬果。離我家最近的是蓮池潭的微風市集，應該可以搭公車去，順便散步放鬆一下！

由於明天（週日）另有活動，無法去農夫市集，眼見冰箱空掉了，還是要想別的方式。於是今早我決定瞭解一下家裡附近哪裡可以買到沒用塑膠袋包裝的蔬果？先是將一袋回收的防水果叩傷的泡棉送去附近的有機店，之後去傳統市場暫時先買一點蔬果。後來，又去了一家生鮮超市，發現有些蔬果是沒有用塑膠袋包的。

用了一小時，我買了一把菠菜、一個苦瓜、兩個牛番茄、兩小棵綠花椰菜，及三根芭蕉。雖然不是有機的蔬果，但很確定還是有支持在地農作！回家後，將這些蔬果逐一裝進晾在廚房裡的塑膠袋中；加上家裡原來有的南瓜與高麗菜，很高興今天的回報是色彩繽紛又豐盛的午晚餐！

二〇一六．七．一五

註：柯林．貝文（Colin Beavan）著；謝維玲譯（二〇一二）。**環保一年不會死！不用衛生紙的紐約客減碳生活日記**。新北市：野人文化出版；遠足文化發行。

郵寄購物袋

開學了，時間變得很緊湊，沒有把握能每週日去微風市集，必須另想辦法解決買菜減塑問題。上週四颱風過後家裡沒什麼蔬果，去附近的一間小的有機店看了一下，由於向來知道老闆夫妻自己在美濃種菜，心想或許他們會同意我不拿塑膠袋的想法。於是鼓起勇氣小心翼翼地問老闆：我可不可以買菜但不要有塑膠袋包裝？老闆很爽快地回答說：可以！這胡蘿蔔是自己分包裝的。我稍放下心，跟他們分享我的減塑想法，他們表示塑膠袋會再利用的，這下才真正鬆了一口氣。

昨天我踏出另外一步，搭學校附近的綠色友善餐廳木葉粗食咖啡餐廳向友善大地有機聯盟購買有機蔬果的便車採買，條件是不用塑膠袋。友善大地的燕子在簡訊上要我郵寄購物袋給她。於是我寄了四個容易辨識的成教中心送的購物袋去，如此方便輪流使用，那可是生平頭一遭購物未見貨就先自備購物袋，想來還真的有趣。

二〇一六・九・二〇

搭乘大眾運輸工具

自從踏出減塑生活的第一步之後，減碳生活的構想一直浮上腦海。大概在三、四年前，我曾經計算過我每天的碳排放量，發現光開車上下班我每天的排放量為將近三千公克，很可觀的數字。從那時起，我隨分隨力地改搭公車、捷運上班，有時也和朋友共乘。不過，並沒有真正下定決心降低我的碳足跡。

這幾天決定要積極一些。週日早上我跟朋友有約要共乘去雲林，但是約定的地點在某個路口，既然要降低碳足跡，就必須好好規劃。於是前天晚上，我上網查了公車從捷運站去該路口，剛好有個班次遲一分鐘抵達。我想朋友們大概不會見怪吧！抱著這樣的心情上床睡覺。

週日早上，我早早出門履行減碳計畫。從我家去捷運站走路大概要花十六分鐘。沒想到我早到了，目送一班公車離去。心裡一慌，趕忙看公車時刻表以為自己記錯時間。趕緊給朋友們送了個簡訊，說我錯過公車會遲到十一分鐘。結果搭上原先要搭的公車，一早路況好還提早一分鐘抵達。賓果！

為減少碳足跡，這幾天心裡面盤算，先從每週選一天改搭大眾交通工具上下班開始。但是否要固定在哪一天呢？左想又想，很怕固定下來後給自己招來大麻煩，兩三下就破功了。有鑑於「慢慢走、快快到」，我決定不固定在哪一天，就是每週事先排定，當週的週一到週五之中選一天。

今天是本週我唯一沒有其他行程的日子。中午我早早用過餐，走路去捷運站。中午時分太陽超級大，幸好我抹防曬乳液加上撐陽傘，再一次目送公車離去，這回心神氣定就等下一班車吧！

抵達學校時，下午兩點左右，沒讓學生等。真好！傍晚，天空一片烏雲，怕遇大雨又塞車，趕緊下班回家去。忙亂之中，忘了戴外套，公車冷氣還是有點大。這兩天的學習—事先規劃行程，但不要太緊張！

二〇一六・七・一八

支持有機耕作

週日一早起床，對著鏡子微笑，美好的就要一天開始，任務是去高雄物產館廣場的微風市集買菜。先上網確定微風市集開始的時間，接著確定的公車班次。雖說心裡早就盤算了這行程，但還是花了一些時間才抵達。

微風市集早上七點半開始，攤位不是很多。抵達的時候快八點了，有一點點小小的人潮。直接走古文錦攤位和他打招呼，他母親送我兩根香蕉，記得上次她也送我香蕉。真好！

市集上的有機蔬果生氣盎然，讓人眼睛為之一亮。忍不住買了枸杞葉、地瓜葉、紅蘿蔔、馬鈴薯、玉米筍、小黃瓜、秋葵、芭樂及紅龍果，將帶去五個塑膠袋全部裝滿才依依不捨地罷手。

這番採購下來，肚子還真餓，有點後悔沒有先吃早餐再出門。市集裡有一攤賣素粿，大蒸鍋釋放著香氣勾引我的食慾。可是仔細一看，熱騰騰的粿起鍋後竟然用塑膠袋包，只好忍著回家用餐。

回到家，肚子餓壞了不說，採購回來的蔬果根本塞不進我小小的冰箱，尤其那兩大把的枸杞葉和地瓜葉很佔空間。只好耐下心來處理，將枸杞葉嫩芽葉一棵棵剪下來，枝幹丟掉。清洗地瓜葉，並將梗與葉分開，裝在保鮮盒當中，等我處理好，已經是十一點多了。

突然，很感恩爸媽及那些曾經為我煮食過的人，因為光整理菜就是個大功夫。聞道有先後，術業有專攻，分工真的很重要。當然，也感恩成全我達成這次任務的人，包括公車司機和市集裡的農友們。算一算這次行動一舉多得：減塑、減碳，還支持在地有機耕作，並且滿載而歸，開始想像未來一週大快朵頤的樣子。

二〇一六・七・二六

做個見樹又見林的消費者

「我們總是在一個比我們自身更廣大一點的世界參與著社會生活」（註）。自從過減塑生活後，對這句話感受格外深刻。九月下旬參加「我不塑三十（天）」活動。活動項目有三：不用新的一次性塑膠袋、塑膠吸管及塑膠杯。心想我一向不買飲料喝，這活動照理不難過關，但是事情沒想像中容易。

出差搭飛機去澎湖，途中空姐問要不要點心和飲料？小蛋糕放在塑膠盒內，外面包了一層塑膠袋，鋁箔包果汁則附了一根吸管。另外，順手遞來的濕紙巾當然是裝在塑膠袋中。瞬間考驗我是否還記得「我不塑三十」？

生活中無處不是塑膠袋。出差入住旅館，伴手禮是一只塑膠袋包的馬卡龍（法式甜點），想到時遲，吃一半的馬卡龍掉落在地。網路購書取到的是用塑膠袋裝，而不是過去常見的紙箱，讓我盤算下次購書換一家網路書店。

有一天，竟然讓我在有機商店看到尚未分包的高麗菜，頓時喜出望外，沒多考慮就買了。趕緊問商家，是否可以在理菜時為我留一些蔬菜不包裝？受到我心熱切的感染，店員拿起貨品清單，逐一告訴我哪些是貨到店裡分包裝的。隔天果然我買到許多裸賣的生鮮蔬菜。

儘管外表上看來，我的減塑行動有時成功，有時失敗，但是一次次發現自己對塑膠袋的敏感度更高了。譬如，觀察到捲筒式衛生紙比抽取式衛生紙來得環保，因為每一包抽取式就使用一個塑膠袋，而捲筒式則總是大包裝的，從這裡我是可以選擇的。

又觀察到除非我們與社會的關係有所改變，否則這世界是不會有所改變。很高興知道，有許多人正在一起努力當中。以「我不塑三十」活動為例，從九月下旬僅有二百多人參與，到今日有四千三百人參與，總登錄的無塑行動達將近一萬兩千筆。真是吾道不孤必有鄰！

還有，從今年二月起，里仁公司逐步展開減用塑膠包裝行動，取消或減用不必要的塑膠包材料，如有機棉產品取消塑膠外袋，改以紙標籤裸賣；茶包外盒收縮膜改用紙封口貼，及鐵罐裝產品取消塑膠蓋等。並且，以環保材質來取代塑膠包材，如餅乾塑膠外袋改為紙包裝，以及塑膠瓶改為玻璃瓶等。

像這樣從銷售端與生產端的協力，加上消費者的努力，三者共同合作，相信是會牽動這個世界的。作為消費者，我們真要相信個人所做的選擇，影響我們的生活，遠比我們想像來得大。若不想再見到人類隨手拋棄的塑膠製品毒害無辜的海洋生物，或者讓環境賀爾蒙禍及我們自己和子孫，讓我們更積極地做個見樹又見林的消費者吧！

二〇一六・一〇・二三

註：引自成令方、林鶴玲、吳嘉苓譯（二〇〇一）。**見與樹又見林：社會學作為一種生活、實踐與承諾**。臺北市：學群。

垃圾減量從分辨需要的與想要的開始

不知何時開始，垃圾分類成為國人生活的一部分。臺灣垃圾分類據說相較於其他國家表現是不錯的。但是，儘管努力分類，垃圾量日增這件事情總是有問題的。

為何會有這麼多垃圾？昨天我去中山大學參加一個淨塑護生救海洋研習會。其中有一個單元是去海灘撿拾垃圾，短短一小時，大概六十位左右的與會者，撿拾到六十多公斤垃圾。其中塑膠垃圾佔大部分，想像不到吸管和瓶蓋竟然成為大宗，還有塑膠微粒已經和沙灘融合為一。

這是怎樣難分難解的生活型態？就在前兩天，幾乎不喝市售飲料的我竟然從抽屜裡找出諸多吸管，同學們來討論事情順手帶來飲料，吸管跟著就這般被保存下來。現在便利商店在明顯的地方隨時擺著吸管，為減少塑膠吸管的使用，還有人發明不鏽鋼吸管，附上一根纖細的毛刷，看似體貼，然而仔細想想，沒有吸管難道不能喝飲料？

再說，不僅瓶裝水氾濫，就這幾年手搖飲料店隨處可見。寶特瓶、飲料杯，以及塑膠吸管，乃至吸管的套子，用過即棄，壽命短到還不如它們的製程。還有，在我們不假思索之際，它們已經成為地球垃圾。根據物質不滅定律，這些垃圾帶來的環境汙染與環境賀爾蒙，終將禍遺我們自己和子孫。

生活在物質充沛的當代社會，我們很容易因為「容易取得」而不珍惜。以塑膠為例，來自於石化原料。石油開採總有耗竭的一天，想想取得一點也不易。還有，許多東西表面上價格便宜，但是如果仔細計算，隱含的環境和社會成本往往沒有被考量。環境成本如製造過程對於環境的汙染與使用後變成垃圾，都需要耗費另一筆資源去處理。社會成本如汙染造成對大眾健康的危害及物質誘惑造成人性的扭曲，都值得關注。

關於物質社會下人性的扭曲，市面上「某九九吃到飽」為明顯例證。面對佳餚美食，又可無限暢飲，何樂而不為？食物被浪費不說，腸胃健康卻成為貪婪下的犧牲品。這樣的思惟大舉入侵電信業，「吃到飽」已經成為一種選擇電信費率通用的語言，直接、間接鼓勵民眾大量使用網路通訊。用電量激增、電磁波充斥是一回事，人性貪婪一面更加擴張。

回到現實面，我們真的需要那麼多的物質才能過日子嗎？不管再便宜的東西，還是需要荷包去填充。一杯手搖飲料二十元（註），每日喝一杯，一個月也要花六百元。再加手機通訊和上網費用六百元，基本開銷就變成一千兩百元。若仔細盤算，「想要的」積少成多，代價是活的更辛苦，而我們真的要過那樣的生活型態嗎？活著不外乎追求快樂。想清楚只購買「需要的」，慾望是無止盡的，不要跟自己的苦樂過不去，不小心製造了垃圾危害自己，還妨礙人類共同的未來。

二〇一六．一二．一一

註：這是當年的價格，現在已經買不到二十元的飲料了。

綠色生活從當下做起！

今天是世界地球日，二十一天前我參加了一個綠色生活行動方案，據說養成習慣需要二十一天的練習，一日一任務從當下做起，不錯的體驗分享給大家。

第一天任務是「向樹說聲：謝謝！」，好的開始是成功的一半，那天我竟然抱了高雄師大愛閱館旁的菩提樹，真吉祥，之後又抱了教育大樓旁的波蘿密樹，波羅密是「到彼岸」的意思，這下更吉祥，果然有機會開悟！

好事總會跟著來。第二天任務是「使用環保袋購物」，驚喜的事情寫在無意間取得的袋子上，兩面分別寫著：「花若盛開蝴蝶自來，人若精彩天自安排」；「天使不做的夢：I will do anything to make my dream come true」。

第三天是「解決碗中最後一粒米」，剛好和大哥去苗栗爬山，有機會在三義吃可口又實惠的粄條。通常我是不愛排隊的，不過事後證明是值得的，當然吃到碗底一滴不剩。

第四天「舊衣新穿」，發現人和衣服一樣都需要好好保養，雖然不至於永續，也可多用幾年。在這物質充沛的年代，太多的理所當然，一不小心就落入「想要」的陷阱。之後幾天的任務，如「不用潤髮乳」、「打消一個購物的念頭」即時提醒我，忍著不去學校附近封館轉型大拍賣的百貨公司，並且丟掉藥局寄來的優惠券。

區辨了需要和想要的差別後，有時還是會製造一些不必要的垃圾。仔細閱讀「午餐集多少垃圾？」、「不讓一次性餐具上桌」、「向塑膠吸管說：謝謝再連絡！」、「享受拒絕濕紙巾的權利」，以及「一天別買瓶裝水」等任務相關資訊後，更認識到人類隨手製造的垃圾已經充斥地球，甚至破壞海洋生態的嚴重性。

要從事正確的行動，清楚的認知是必要的。謝謝「認識衣服的材質」、「讓電子發票跟紙本發票就此分開」、「認識紙杯的『回』家之路」、「環保補充包真的環保嗎？」，以及「穿上防曬的第二選擇」等任務，釐清了我一些似是而非的觀念。才知道用了多年的洗衣精補充包，本身是複合材質無法回收，與想像中的環保是兩碼事。

生活中有許多節能減碳的方法，「用雙腳記錄沿途風景」重點在認識通勤碳排放，和「讓冰箱有一點空間保持呼吸」及「拔掉插頭，讓待機家電好好睡一覺」等皆是。老實講二十個任務中，最常被我忽視的就是通勤減碳，之前曾發願每週至少一天搭乘大眾交通上學，這點還要再加把勁。

萬事萬物息息相關，吃下一口魩仔魚，影響超過兩百多種的海洋生物以及整個生態系統的穩定。「放魩仔魚回大海」之餘，認識生物多樣性讓我們更能設身處地，為這地球的永續盡一點心力，畢竟人類只是其中的一員。養成習慣力行綠色生活是智者的抉擇，人人如此，人間淨土便有可能，一起努力！

二〇一九·四·二三

廚餘回收好處多

三個廚餘桶靜靜地佇立在陽台的一角，看似不起眼卻在我的生活中起了重要的功用。從事廚餘回收源於二〇〇〇年初我參加了一個生命教育研習營，營隊裡每一餐都做垃圾分類和資源回收，紙盒歸紙盒、果皮歸果皮，連橡皮圈都有條不紊。當時不比現在，國人的垃圾分類概念尚未形成，見那情景我默默地告訴自己：「我也可以」！

從那時到現在，除了中間有幾年廚餘讓高雄市政府的垃圾車回收外，我的廚餘都進了陽台的廚餘桶。為什麼不繼續將廚餘交給垃圾車，這不是自找麻煩嗎？陽台種花草需要這麼多廚餘嗎？

我的確在陽台種了一些花草，雖然生產的廚餘水少部分成為我那些花草的營養品，但真正說來我的花草是無福消受那些廚餘的。這些年來我的廚餘和廚餘水都運去學校，請熱愛園藝的校警楊先生協助滋養校園的花草樹木。

話說回來，從拿廚餘下樓去追垃圾車，又改回繼續放到廚餘桶內，反而更省事，一點也不麻煩。試想每天生產的廚餘就那麼一點點，若不當天處理放在那裡招惹蚊蟲、螞蟻，連蟑螂也來了，垃圾車更不是隨叫隨到的計程車。

怎麼辦？將果皮密封在保鮮盒裡暫時存放於冰箱中！相信有人會這麼做，但那終究難以一勞永逸。嘗試了多種方法，我還是覺得與其費心追垃圾車不如自備廚餘桶。

再說，沒了廚餘的垃圾桶，加上垃圾分類之故，明顯地垃圾量減少且較沒有異味。提到異味，有些朋友看我做廚餘回收，第一個疑問就是會不會散發出臭味？一段時間我會在桶內灑上一層廚餘粉（菌母）幫助發酵，發過酵的廚餘上面會長出白色菌絲，是有一些酸臭味，不過廚餘桶本身是密閉的，前面下方有個小水龍頭出水用，基本上味道不會外洩，多年來更不曾造成鄰居和我的困擾。

自備廚餘桶製作廚餘是件自利的事情，真是始料所未及！它省去了我諸多的時間和心力，因為搬運廚餘去學校，請警衛他協助處理，我不只結識了他，還有許多警衛們。每次開車經過校門口，打招呼的臉龐多了一份親切感。雖然不知道我的廚餘埋在校園的哪一角，不過當校園花朵開得燦爛時，心情變得超佳。當然要感恩楊先生的共同成就，沒有他，我是無法獨力完成的！在此以一首打油詩自娛。

廚餘回收好處多
源頭減量不追車
自家製作堆肥液
花草歡欣眾樂居

二〇二二・五・十五

生活美學

聚焦、專注及耐心發現美

六月底到七月初，連續好幾天清晨，我都流連在高雄市立美術館園區的荷花池畔。晨光中，新荷皎潔無瑕。拍了許多荷花之後，發現花蕊上蜜蜂勤採蜜更美，試著捕捉那些畫面，發現不是那麼好入鏡。接著，紅冠水雞出來，輕巧地踩在蓮葉間覓食，池塘上方蜻蜓飛舞，好不熱鬧。本來只是拍幾張荷花，發現那世界實在太美了，後來乾脆坐下來，定格於其中。

審視拍回來的照片，發現鏡頭框出的世界和肉眼看到的世界大不相同。照片的畫面是有邊界的，且聚焦在特定主題上。相對地，肉眼看到的世界是平的，沒有特定的焦點，往往瀏覽過了卻說不出個所以然。這讓我驚覺平常生活當中，是否關注的東西太多？注意力太過渙散？眼前的世界真的不是那麼平凡無奇。

看著照片中的景深與光影，讚嘆傻瓜相機拍出的效果。同樣一朵荷花，稍微挪動鏡頭，拍出來的風采竟然迥然不同。不免自問：肉眼明明是靈活的，為何比不過老實的機器？還有，雖然相機追逐的是清香夏荷，水雞喜愛的卻是水草和爛泥構築的濕地。情人眼裡出西施，燕瘦環肥可不一，事情沒有那麼理所當然。

在決定捕捉蜜蜂採蜜和水雞覓食畫面時，我專心且有耐心捧著相機，深怕錯失任何一個鏡頭。記不得待了多久，按了多少快門，可惜總是拍不到想要的畫面。但是我清楚地觀察到蜜蜂如何鑽進花蕊當中，又如何鑽出忙碌的相狀，以及愛美的水雞覓食之餘，仔細的梳毛動作，那種認真的態度，不亞於我當下的一心一意。行筆至此，領悟到不要小看稀鬆平常的世界，更不要忽略聚焦、專注與耐心，那可是發現美的基本功呢！

二〇一五．七．三

喜見公車亭的創意

在高雄等公車，有很長一段日子都覺得是件苦差事—風吹日曬，公車遲遲不來。最近幾年，公車班次變多、候車亭也增多、站牌上也都貼著明確的時刻表，還有候車亭的跑馬燈會顯示公車還有幾分鐘進站，用手機查詢也很方便。然而，萬萬沒想到候車亭竟然也會變成公共藝術，這下子多等幾分鐘也沒什麼關係！

市區內五福一路上有一座候車亭，被設計成一張小時候的書桌，就是那種中小學生會在書桌中間劃上楚河、漢界，不准同學越雷池一步的木桌子。它的名字叫做：「那些年，我們一起度過的青春」（註一）。

候車亭頂上的大書桌上，隨意放著尺、鉛筆與作業簿，旁邊掛著書包。坐在板擦造型的候車椅上，彷彿回到童年，乖乖聽老師們在講台上講課，戒慎恐懼忙抄筆記，深怕漏一字句。這個古早味的大書桌後面剛好是五福國中，想想配得還真是恰到好處。

就在大書桌的正對面有另一座候車亭，更絕，名字叫「遇見沁涼」。頂上以融化的冰塊作為視覺意象，在炎炎夏日中，回應了等候公車者的焦急與浮躁。真的要向創作者深深一鞠躬，他讀到大家的心（註二）。

沿著高雄文化中心周圍和平一路與五福一路上，還有幾座候車亭創作。仔細閱讀它們的創作說明後，發覺挺有趣的。其中之一「對白 Key in」，在候車亭頂端裝置了一些對話框，嵌入許多電腦打字時常用的表情符號。創作者詢問大家在候車亭短暫逗留的當下，是否曾仔細觀察身旁或對街的等候人群，想像他們的對話或心裡的獨白？（註三）我想哪天等公車無聊時，可試著回答這問題，鍛鍊自己的觀察力。

除了文化中心周遭，高雄市還有許多創意候車亭，讓人看了眼睛一亮，等候公車不再是件枯燥乏味的事。更期待高雄及全臺灣各個城市多一些類似的公共藝術，用美和善意，勾動行色匆匆的人們對於環境的關懷和想像，並建立豐富的互動與連結。

二〇一五・七・四

註一：「那些年，我們一起度過的青春」係為高雄市政府文化局第二屆「邂逅—公車候車亭創意裝置」（二〇一二年）獲選作品，創作者為黃法諴、林建佑、林偉佑。

註二：「遇見沁涼」，創作於二〇一三年，作者為謙漢設計有限公司林幸長。

註三：「對白 Key in」係為高雄市政府文化局第三屆「邂逅—公車候車亭創意裝置」（二〇一三年）獲選作品，創作者為崑山科技大學空間設計系，計畫主持人潘大謙。

善體人意的圍牆美學

這幾年國內大力推展無圍牆學校政策，強調學校與社區的結合。無論是老舊或新建的學校，高聳的水泥圍牆都變矮、被以綠籬取代，或者乾脆打掉圍牆。頓時之間，空間視覺的通透性大大增加，然而也引起了校園安全的爭議。

儘管如此，在這股風潮中，可喜的是圍牆的美學似乎在進步當中。以拆掉鐵欄圍牆的高雄文化中心為例，原本鐵欄杆之間一座座厚重的牆墩，化身成為一個個小小展示空間。記得曾經看過許多詩詞歌賦在那裡展示，現在則正展出西遊記、封神榜，及哪吒鬧東海等民間故事皮影戲偶圖片，還可掃描 QR 碼進一步讀取各皮影戲的相關資料。

越過馬路，才翻修過的五福國中籃球場邊鏤空圍籬簡潔大方，中間的看板被用以介紹各種球類；校門口邊低矮的圍牆則成為高雄市行道樹的介紹看板，內容簡單扼要，感受到五福國中與社區連結的心意。無圍牆的七賢國中龍美校區將學生的作品巧妙地展示在社區民眾的眼前，讓學生長信心，家長更放心。隨喜學校認真辦學的態度。

此外，建國路上的三民國小圍牆上，一位小孩趴在地面，協助另一位小孩翻牆的畫面，讓人看了不禁莞爾。細膩的紅磚雕刻，刻畫出許多學生曾經做過卻不敢讓父母師長知道的故事。有趣的是這兩人組正在翻牆而入，是為偷摘校園的花果？還是上學遲到了？總之，並非小時候水泥圍牆上的政令宣導，也不是硬梆梆的文字。我想如果每個機關和學校的圍牆都這麼善體人意，那麼圍牆有無的討論就比較不會有爭議。

二〇一五・七・九

一期一會，珍惜當下

去加拿大愛德華王子島（Prince Edward Island）參加營隊，每日行程滿滿，沒有多少個人活動的時間和空間，唯一的空隙是清晨時分，正好用來散步和運動。我們通常沿着高速公路邊朝海岸走去，目的地是小丘上的燈塔。

總見太陽在海上升起，寬廣的林地在岸邊褪去，低矮的草叢在轉彎處成群地冒出。遠遠眺望港口的一角，一艘巨大的渡輪靜靜地停泊著。乍看之下，龐大身軀不知何物？若不是頂上的煙囪洩露了它的身份，還以為那是座屹立岸上堅定不動的油槽或建築。

從住宿處往返燈塔約一小時，途中有根廢棄的電線桿，頂上有座鳥巢。好幾次看到一隻老鷹在附近盤旋，最後駐足其上。用相機捕捉翱翔的老鷹，很難拍到它的身影。觀察幾次下來，我決定以靜待動，將鏡頭對準鳥巢，終於在它返巢的剎那拍到達陣的羽翼。

在那裡多日，舉目所見盡是清澈的藍天、寬闊的綠色原野、間隔田園的樹林，及原野上稀疏錯落的房子。無時無刻透出寧靜與恬美，不需要費心取鏡，怎麼拍怎麼美。儘管如此，定睛在鏡頭下，宛若大珠、小珠落玉盤，各有千秋。

座落在小丘上的燈塔，沒有想像中的威武，更像鄰家婉約的小妹，細心地呵護著她的田園，偶爾抬頭俏皮地向往來的客人眨眼。小丘下，樹叢裡、草地上，時有不知名的飛鳥忙著往來。然而，那天不知何事勾起禿鷹的心思，在木柵上久久佇立，落入天荒地老的孤絕。無疑地，最讓我嚮往的是水岸、泊船，及三兩小屋相互輝映的景致，穿過樹林的縫隙，在晨曦裡呈現的沈着和靜謐。

每次舉起相機按下快門之際，雖總以為時空為我凍結、美好盡收眼底，殊不知拍到的畫面難以道盡種種會遇。光是海上朝陽，前一天宛如紅顰少女，後一天卻似嬌羞少婦，若加上海岸、林邊和草地上的萬種風情，只能坦然地告訴自己：與其妄想將美景盡收眼底，不如珍惜當下的會遇，一期一會才是真理。

二〇一五・七・二〇

人間處處有溫情

今天真是好日子！早上我搭公車去蓮池潭前微風市集買有機蔬果，沒想到公車因為路跑活動而改道。回程時，只好回到下車的美國學校對面，試試看是否公車會停。

等了十多分鐘。對面公車下來一位老太太，一起等公車。一問之下，才知道她要去勝利路市場補買一條魚，原先那班車司機建議她改搭另一線的公車。

我知道那一線的公車剛剛才走，下一班是一個小時以後。抬頭看太陽越來越大，算算走路大概要十五分鐘。遙遙地舊左營火車站前有幾輛小黃。就在這個時候，我以前的學生鳳貞騎機車經過，停了下來打招呼。想了一下，我請鳳貞騎車去叫小黃。

小黃來了，司機大哥二話不說，先是開了後行李箱，幫老太太將有點重量的手拉菜籃放進去。問清楚老太太去哪裡之後，表示那段路程不收費。果真車子折回美國學校之後才按碼表，車抵家門口，下車時錶上寫著一百三十五元，他說一百元就好了。

人間處處有溫情，感謝上天派來鳳貞，以及自新竹警界退休的司機大哥吳聲竹先生一起開啟了美好的母親節！

二〇一七・五・一四

禍福相倚

這次莫蘭蒂颱風行徑異常，昨天中午開始發威，沒多久風雨狂掃。水從陽台、廚房、書房窗戶縫隙「噴」了進來，從書房冷氣窗滲進，沿著牆壁流下。可以想見，我忙著搬開書架，用盡家裡的舊浴巾、抹布到處堵水。接著，用拖把汲水，總共汲了至少半桶水。過程中還目睹陽台一扇紗窗飛落大樓中庭，不過那刻也顧不得，只是祈求最好不要砸到人！

今天雨停了、陽光露臉。午睡之後，環視到處都是抹布的家裡、陽台待扶正的花木，總不能放著不管，於是決定打掃房子。先將昨天掉落的紗窗裝回，發現窗戶似乎不那麼骯髒。再仔細檢查，發現在昨天風雨的大力沖刷下，所有窗戶都被洗過，連鋁窗軌道上殘留的塵沙也不多。剎時喜出望外，這些天還真煩惱，好幾個月沒洗窗戶了。精神大振，真是禍福相倚呀！整理完房子，抬頭看向晚的天空正對我露出一抹微笑，見證中秋好時光。

二〇一六・九・一五

高雄美術館園區的生命力

前幾天向晚時分，在高雄市立美術館園區健走，乍見荷葉田田，粉紅花朵迎風招展。今晨恰巧早起，心底忍不住想：再忙碌，總要親睹夏荷盛開的容顏！就這樣，簡單準備了早點，提去美術館野餐。

六點多，地有點濕，微雨打在身上，清清涼涼。沒多久陽光露臉，綠籬裡木槿黃、紅，爭相探頭。

才踏進園區，大片青翠草地，一心奔向夏荷的腳步不覺中放緩下來。想這不就是「正能量」嗎？真是得來全不費功夫。

小徑邊上開著各種花。仔細端詳，只認得香氣怡人的白色梔子花。不知是楓還是槭，樹幹半腰冒出嫩芽。每回見到這樣的景致，總是覺得生命力不可思議，只要有縫隙就有機會。就像隨處可見的麻雀，佇立人工湖上的小白鷺、烏龜，還有悠遊其中諸多的蟲魚，真不知道牠們是怎麼尋覓而來。

說起生命會找到自己的生存之道，讓我心心念念的荷田更是如此。猶記得去年此刻，園區的荷花池可說是慘不忍睹。池面長滿了藻類、魚肚翻白，幾乎所有的睡蓮都陣亡，我還因而兩次投書美術館方，後來甚至沮喪到繞道而行。

沒想到一年之後，荷花、睡蓮紛紛挺出水面，大展笑顏。招來蜂蝶不說，田田荷葉還成為紅冠水雞的嬉戲場。不過，仔細瞧，池面還是長滿了各種水生植物，見證荷花出淤泥而不染。

二〇一七．五．二七

紫花風鈴木的呼喚

這幾天校園的紫花風鈴木又開得非常漂亮。在高雄師大服務二十多年，卻在兩年前才第一次欣賞到這般美景。說來很慚愧，許多年前友人寄來漂亮的風鈴木花海照片，並且告訴我那是高雄師大校園的一角，當時我跟他說：不可能吧！如果有的話，那一定是在燕巢校區！殊不知那整排的風鈴木就沿著和平校區校門邊的圍牆竚立，不知道呼喚了我多少個春天，然而我卻視而不見。

說起「視而不見」這到底是怎麼一回事呢？有種情形是把自己關閉在小小的生活世界當中，雖然每天還是參與很多的事情，教學、研究和服務都照做。現仔細想想，看不見外面的風景，反而是因為很少注意到內心的世界，內心處於一種不靈動的狀態，心中塞滿了既有的東西和既定的行程。

最近幾年，幾乎周圍的人都處於壓力極大的狀況。見面時喊累、疲憊的神情經常可見，每個人都有著多重角色要去擔負。許多學生忙於工作，被生計追著跑，見了心疼，然也莫可奈何。只是可惜，在人生有機會從事系統性學習的時候，沒辦法從維生的生命情境中暫時抽離。

然而究實說來，當代社會外在物質環境比之以往更加豐富，維生是否如此困難？我不敢遽然回答。但文明是有閒階級創造出來的，可以肯定塞滿東西的心靈是創造不出、也無法容納其他的東西，甚至無法慢慢咀嚼並品嚐生命的風景。

捫心自省直到現在，我自己還是處於想要的太多、心馬經常奔馳在外面的狀態。因此不能專注一事，工作效率變差，心變得更慌，反而造成對於生活和生命的干擾。「視而不見」應該只是其中的一個副作用吧！

紫花風鈴木會不會年年來報到？在氣候變化如此詭譎的狀況下，是很難預測的。然而歲月一天天流逝，這一期生命很快就會消逝卻是不變的定律。不想自以為爬到山頂的時候，才發現錯過了大部分的風景，適時地慢下腳步、抬頭欣賞，應該是錯不了。感恩高雄師大燦爛的風鈴木再一次的呼喚！

二〇一六·二·二六

無聲勝有聲，這一夜擱置社交媒體

這兩週，電腦兩度送修。沒電腦的夜晚，家裡突然變得好安靜。真正說來，不是外在聲音的有無，而是心頓時寧靜了下來，且多了一分閒情，反而聽到沈寂已久的夜晚之聲。

一向認為自己不是網路成癮族，使用電腦無非用來找資料、做文書處理，及收發信件，但不知從什麼時候開始被電腦的 Line 綁架了。這幾年 Line 很流行，第一次接觸是在拿到弟弟送的平板之後，它的即時性和多樣且活潑的貼圖，開始時真的很有吸引力。不過，因為我平常手機處於關機狀態，加上刻意與 WiFi 保持距離，所以沒怎麼感受到它的威力。

只是因為幾乎身邊的朋友都使用 Line，我也（被迫）加入一些群組。之後，為順應潮流，開始使用電腦版的 Line，盧胖的人生從此開始。雖然不開手機，但在電腦上每天收不完的 Line 訊息。各式各樣的貼圖傳來友人片片斷斷的心情，總不能漠不關心。相干、不相干的訊息、重複轉貼的訊息，總要花一些時間才能瀏覽完。老實講，大部分的時候也只是匆匆閃過，即便是這樣，讀 Line 竟然變成定課，雖不至於成為三餐，但也不僅僅是宵夜。

讀 Line 如此，其他的社交媒體也是一樣，常常消化不良，精力浪費甚多。立即的通訊表面上省了時間，卻花了更多時間在看顧它。雖似省了通訊費用，卻在不知不覺中養成注意力渙散、耐不住性子的習慣，真是得不償失。

暗夜裡無聲勝有聲，心底渴望真實與人的互動，探頭望向漆黑的天際，星月仍然高掛。不時，窗外傳來遙遠又熟悉的叫賣聲，夾雜著高雄特有的煙火爆破聲。我還要繼續看顧那些社交軟體嗎？

還要糾纏在已讀不回、真真假假的困擾當中嗎？有句話說得好：保持距離以策安全。這一夜且暫時擱置社交媒體，再度上線之前記得先聽聽自己真誠的聲音！

二〇一五．一二．八

防疫生活

疫情點滴滲入生活當中

史上最長的寒假終於結束，表面上多了兩週假期，卻是向暑假先借來用。原本的假期因為這次新型冠狀病毒影響，變成乖乖待在家裡閉關。規劃好過年後赴日本自助旅行泡湯，果真泡湯了，僅是眼睜睜地看著鈔票自個兒去。

每天在家固定閱讀、寫作，上臉書瀏覽、貼文，有時整天沒跟人講一句話。多虧每周一、三、五早上還有佛法視訊共學，加上每天上網學習英文口說挑戰，不然腦袋和聲帶恐怕就此退化。

有事沒事就和柴米油鹽共處。冰箱的米以前所未有的速度消化殆盡，以前怕食用油放到壞掉，這陣子竟然同啟用四瓶油。去年下半年發願盡量在家裡烹調三餐，一直沒成功，沒想到這下得來全不費工夫。

年後去了三次健身房，雖然入門量體溫、口罩和酒精備用，運動時心裡總是毛毛的，想來想去還是請假一個月。這場疫情不知道還要多久？眼看後天期限就到了，接下去怎麼辦？

每天傍晚去凹子底森林公園和美術館園區運動，幾次跑步下來，發現膝蓋不大對勁，不敢用力太過，只好散步、快走，加上一些伸展和有氧。逛逛公園、觀察動植物生態、拍拍照，成為最大的樂趣。可想而知，腿變粗、照相技術變得更純熟。

感謝老天爺保佑，過去這一個月空氣品質尚可、大部分時候艷陽高照，蠻適合戶外活動。公園裡人變得超多，小孩騎車、玩直排輪，大人遛狗，還有人攜家帶眷，就在草地上搭起帳篷野餐。如果不是人們臉上的口罩入鏡，畫面簡直美極了。

回顧過去這整個月，疫情就這般一點一滴地影響著我的生活。不大願意出門、更不想去大賣場，經常盤算著如何避免與人接觸。真的沒想到，一場從武漢傳開的病毒蔓延全世界。勤洗手、見面拱手不握手、戴口罩、量體溫變成家常，姑不論有否感染病毒，它對於我們的影響已經滲入生活方式。

人我、事物竟然這麼息息相關，利他自然利己，敬天愛人共存共榮才是王道。明天要開學了，好好琢磨放在心上。

二〇二〇．三．一

穿透確診人數看見世界

疫情期間做些什麼？沒上健身房、不逛百貨公司、少搭高鐵北上開會、不邀朋友聚會，每天忍不住扒著 Line 疾管家，且上網搜尋疫情新聞，花在電腦前的時間變多了。

總不能只是盯著確診人數。暫時拋開臺灣，我上 BBC 了解世界各國的狀況。看到疫情下，歐洲難民缺乏潔淨用水，侈談勤洗手，更難有口罩之爭；印度德里封城前返鄉人潮塞滿天橋、街道，大多數沒車搭的民眾，一手拉行李、一手牽小孩，全家徒步返鄉，無奈地面對失業與饑饉的未來。

讀到〈多留在家、勤洗手、戴口罩以外，全球公民以科技參與防疫的例子〉。農曆年間疫情爆發恐慌蔓延，香港、日本、臺灣許多的資訊客，在短時間內開發出各種防疫網站，還有「Cofacts 真的假的」Line 聊天機器人闢謠專區。當各地開始有搶購口罩，各種製造口罩的創意出現，當前臺灣的口罩地圖就這般出籠了。

住在臺灣何其幸福，我們沒有封城，大部分的人沒有被隔離，但是三月以來，全球不知道有多少人被困在家裡。在英國，許多志願人士自動集結，幫助被隔離的鄰居。倫敦南部的列魏斯翰（Lewisham）地區率先成立了一個臉書互助會，提供被隔離者買菜、遛狗、聊天服務，或者通過電話、Skype 聊天，祛除他們的孤獨恐懼。

為了解列魏斯翰互助會的運作方式，我申請加入該互助會的臉書。目前加入者超過五千七百人，他們透過谷歌、試算表單、地圖定位，蒐集彙整可提供的資源，可能僅是一籃菜、幾件衣物，乃至剛烘焙好的糕點，想送給有需要者。成員也在臉書上闢謠、傳播正確訊息、為醫院募款、播放地區醫院的防疫影片為大家打氣。

短短幾週內，各個社區相互仿效，類似的組織在英國各地擴展開來。對於參與者而言，看似能做的事有限，然而讓我感動的是他們做事細膩，譬如自我約束不上傳商店空架子的照片，因為不想造成人們的恐慌，更深信搶購鏡頭並不能說明疫情中的全部情況。

的確，疫情時期任何一則虛假的訊息，不管是無用的、不完全正確的，乃至有害的，都可能引起恐慌。至此，突然覺得減少社交多出來的時間，可以做好多事情。在這春假中，我開始著手蒐集、整理疫情下媒體識讀相關的資訊，追蹤臺灣和全球數位公民的作為，穿透確診人數，重新定位如何當個防疫的大學教師。

二〇二〇・四・四

靜心退讓

這些天早上趁著天色尚未泛藍，我總會去大樓樓頂運動、練太極拳。疫情中樓頂已經成為我的秘密基地，現在連傍晚時分我也會上去。

儘管是一絲涼風都是善業所感，經書上如是說，這才深刻體會箇中道理。可以不戴口罩呼吸空氣、直視不遠處山色由墨轉綠，穿透大樓間隙，猜想遠方留白處的風光。當然，頭頂的藍天壯闊又是另一番感動，好久沒有如此抬頭仰望蒼穹。

今天光亮雖破雲而出，然而敵不過環伺的烏雲，一朵朵緩緩遞移，滿滿佔領天空。不多時，徐徐微風更帶來被擠落的雲朵，就滴在腳旁、地板，倍數成長、攜手結伴，竟然形成一方淺淺水漥，迫我馬步中斷，靜心退讓。

拍了幾張照片，想這也是舒心方式，不須滿頭大汗。

二〇二一．五．三一

雨過天晴

過去兩天暴雨、疫情如爆裂彈直下，門窗雖然緊閉，不敵救護車聲和媒體訊息，我陣陣焦灼竄出。再這樣下去，怕心會猛然爆炸，昨晚我早早關閉電腦，安置自己於小說天地，終於在就寢時分，心沉靜了下來。

一早被微光喚醒，二話不說上大樓樓頂—這陣子我新闢的秘密基地。太陽在遠遠山頭露出一抹微笑，天際開始泛藍、涼風伴隨而來。兩天沒打招呼，看似別來無恙，地板僅殘留少許大雨過的淚跡。

不遠處，柴山綠意堅定如故。東向遠方大武山在城市參差樓房頂上，依傍雲髻，與天光唱和、調整身形。風，一點不吝嗇地協奏這晨光饗宴，輕輕拂過，時而悠揚、有時頓挫。

我再也忍不住，想留住這雨過天晴的美好，即便明知風雨終究會來來去去。想想，正因為如此，我的心更無需如此上上下下。

二〇二一．六．七

視訊上課沒想像中容易

今天我一早起床，趕緊備妥中午便當，例行多年的視訊共學下線後，立即奔向學校參加另一場視訊課程。

為了今天的視訊瑜珈課，我昨天早早就準備了。先是借了一支相機腳架，將電腦外接鏡頭高高地固定在上面，為的是讓老師看得到我的各種姿勢—從躺臥到站立，並將平板電腦放在頭正前方的矮凳上作為輔助鏡頭。如此一來，可以解決身體與鏡頭平行，老師看得到我，而我卻看不到鏡頭的狀況。

之後，我還徹底打掃了研究室。雖然人是躺在瑜珈墊上，可是手腳常常就伸出去了，上週第一次上課躺在地上感覺有點不舒服，真的很想在家上線，至少不用特地打掃，也不會有不小心手腳撞到桌子、伸進桌底下的窘境，但就是困難重重。

上瑜珈視訊課空間要夠寬敞、鏡頭位置要適當，還要有耐心的師生。復課之前，老師一個個教同學們如何擺放鏡頭位置，並且提到最好的方式是將鏡頭轉到電視螢幕上。很不幸，家裡沒電視。幾度在客房、客廳，我嘗試用筆電外加鏡頭，弄到滿頭大汗都無法照到全身，幾乎快放棄。幸好及時想到學校研究室書桌前的空間，這才馬馬虎虎過關。

為強化學習，老師上週另外錄製了三十分鐘影片提供學生們課後練習。光那影片折磨了我一週，因為在臥躺的狀況下，我頻頻抬頭看螢幕，很難正確地完成連續動作。後來我乾脆從頭到尾看了二次影片，並記下重點，之後才勉強地完成一次全程的練習。

今天將頻頻抬頭的心得回饋給老師。一語道醒夢中人，老師說：學瑜珈用聽的！這才驚覺肢體原本就不靈敏的我，慣於倚賴視覺印象掌握動作，加上從小左右不分，看影片模仿總是左右顛倒，過程中更是深怕做錯，心無法安靜下來。

停課不停學，視訊上課真的沒有想像中容易。將心比心，疫情再持續下去，下學期我可要好好重新規劃視訊教學。

二〇二一．七．九

寫作即見證

「沒有一個地方不淪陷。沒有一種瘟疫不可怖。不，更有他疫甚於此疫。」這行字小小地印在《疫年記西藏》(註一)的封面底下，疫情期間讀到這句話深深吸引我。

這本書出版於全球 COVID-19 大流行期間，令人費解的是副標題為：「當我們談論天花時我們在談論什麼」。天花，一種現今認為絕跡的傳染病，為何此刻意提它？

為度過漫漫的疫情，作者唯色(註二)無意間拐入了歷史的長巷，注意到十八世紀末六世班禪喇嘛(一七三八年至一七八〇年)，應乾隆皇帝之邀去北京為乾隆祝壽卻死於天花。

話說滿人建立清朝後規定：沒有患過天花的滿族人和蒙古人都可免去上朝義務，以免和人接觸染上惡疾，未患過天花者不能去京城。清朝十二位皇帝中有三位均因染天花而死。不只滿人，連蒙古人、圖伯特(藏)人也一樣怕天花，他們把漢地比作是火宅，不願意在那裡久待，以免染上天花。

在盛情難卻下，六世班禪答應乾隆赴北京。雖然之前的達賴五世、圖伯特攝政及高階喇嘛官員等，曾多次婉拒滿清皇帝的邀請。在前往北京的路上，藏人都為天花糾結，六世班禪讓四百多位隨行人員種痘了，但他沒有，一說因為他得過天花，二說為護送的兩位滿清大臣不讓他及隨從種痘，因為成人種痘有危險。

班禪六世在九月一日抵達北京，十月二十四日班禪感覺不適，十一月二日去世，生病僅七日，滿清官方說法是班禪死於天花。接下來圖伯特連串厄運，包括兩度廓喀爾(尼泊爾)人進犯引發之藏尼戰爭。乾隆於一七九二年之後頒布了《欽定藏內善後章程》，第一條「金瓶掣籤」要求活佛轉世靈童須在皇帝特賜的金瓶裡抽籤認定。

作者不禁追問：（一）如果六世班禪曾出過痘，那導致他在北京喪命的會是什麼病？（二）乾隆忌憚天花，為何對出痘情況不明的六世班禪糾纏不休，力邀入京？（三）乾隆為何非得邀請六世班禪，卻不邀八世達賴呢？

作者稱她並非歷史學家，難以梳理滿清、蒙古與圖伯特幾百年來的複雜關係，不過書中提出的種種資料，例如：乾隆於一七九二年撰寫的《御制喇嘛說》嘲諷藏傳佛教的轉世制度，推翻我一向以為滿清皇帝信奉藏傳佛教的觀點，文章中還打破我從小被通過文成公主認識中國與西藏關係的神話。

至此，終於明白為何作者於封面特意標記：「更有他疫甚於此疫」，反問自己：當我談論疫情的時候，我在談論的是什麼？至少造一分共善的業，把知道的寫下來，留下證據。

二〇二二・六・二〇

註一：唯色（二〇二二）。**疫年記西藏：當我們談論天花時我們在談論什麼**。臺北市：大塊文化。

註二：唯色全名為茨仁唯色（Tsering Woeser），是一位出文革時期出生於拉薩的作家，因拒絕承認自己的文集被中國當局認為有嚴重的政治錯誤，自況為中國境內的流亡藏人。其寫作理念為：寫作即流亡；寫作即見證。

回顧與展望

放緩緊湊的腳步：二〇一七年

今天幾乎是年底了，翻出日記，回顧二〇一七年究竟發生了甚麼事？「緊湊」是這一年的寫照。除了教學工作，貫穿的是國立空中大學的《成人學習與教學》教科書和節目的製作；參與了幾個全國性評鑑與評審事宜，及南區樂齡輔導團的訪視輔導。這些工作雖然常讓我喘不過氣來，但是在過程中每每感受到參與單位的努力，及基層工作者的辛苦，回過頭學習體恤他人，想來是還是很感恩。

指導學生雖不是那麼綿密，但一直掛在心上，許多學生的論文都到了拉警報的階段。看他們職場表現都不錯，但寫起論文就卡住，有時真的不能理解。往往生氣、著急及心疼都寫在臉上，但是進展還是有限。只好不斷找方法，希望能幫助他們。

「學習老」是今年浮上的課題。除了因自己年紀增長，且從事樂齡工作之外，也因佛法提醒我「老」是人生必經的歷程，是每個人的功課，要真心修鍊。不希望成為孤獨老人，嘗試打破生活慣性，試著固定一早用 Line 向幾個老友和家人打招呼，算是跨出一小步。

在友人的勸導下，前不久我開始嘗試打破自己十多年來茹素的習慣。是為了身體健康，更看到自己執取之下狹隘的生命格局。「恆順眾生」是我的功課，如果我想走大乘佛道的話。這過程不是沒有煎熬的，但期許自己能跨過去。

「致中和，天地位焉，萬物育焉」，回顧了這一年，第一念浮上《中庸》的這句話。肯定自己過去一年所做的點點滴滴，當然還有很大努力的空間。然而，過猶不及，期許自己放緩腳步，迎向新的一年。在此，謝謝過去一年來諸多的親朋好友，成就我並包容我！

二〇一七．一二．三〇

打開格局中道行：二〇一八年

現實總在兩難中，
循規蹈矩，不意走入慣性的軌道；
虔誠相信，反倒限縮了格局；
觀功念恩，卻被情緒勒索；
不喜黨同伐異，哪知變成不沾鍋；
想做一點事情，才發現本事不夠。

斷捨不易，放掉糾結，誠實面對自己。
敞開胸懷、定位好再上路，謹慎跨步、過程要享受。
迷失方向是正常，查APP、問路，再不成，
還是要定下心來，不能平白成為迷途的羔羊。
將心比心，有朝一日才能回答別人的問路。

人皆有夢、內容雖異，喜怒哀樂豈不相同？

不忘初衷，前後上下無間學習，四方四隅勇於踐行。
中道—二〇一九年的期許！

二〇一八．一二．二九

平順中的堅持與突破：二〇一九年

這一年淡出很多事情，較有餘裕過日子。二月間開始上VoiceTube學英文，迄今已經三百多天。三月開始上健身房，開始時有請教練上了二十四堂課，之後自己練。這兩件事情為我的生活起了穩定的作用；下午四點半放學，先上健身房，晚上輕鬆地進行英文「口說挑戰」，順便學些生活常識。周末很少帶工作回家，除了上述兩件要事之外，不外乎上微風市集買菜、烹調、洗衣，及打掃房子等，生活步調相對變慢。

閒來拿起手機拍照，走到哪拍到哪。十一月間一個稀鬆平常的早晨，說巧還真巧，從廚房望出去，太陽就在大樓叢林間昇起。仔細想想住在這房子二十多年，日出日落九千天，是太過匆忙，還是心不在焉，怎麼不曾注意到呢？從那天到現在，我還真的經常看到太陽破雲而出，又被雲奪去光彩的畫面。

教學一向是我生活的重心。一年年隨著學生的來去，我學著調整教材教法，逐漸地明白自己的教學風格，對於課堂可能發生的狀況愈能了然於心。今年特別有餘力思考如何教學、比較知道如何指導學生，過往那種氣急敗壞的心情似乎不見了。取而代之的是，期許自己在每門課當中植入能夠真正幫助學生帶得走的能力，作為教學的根本。

儘管如此，在平順中，另方面希臘神話中薛佛西斯日復一日推石上山的畫面不時浮現，用佛家的話語就是「輪迴」分分秒秒地上演。當我傍晚踩著跑步機時、假日打掃房子的時候，還有教學時看著學生一張張不明白的臉，內心不是沒有聲音自問：我是否堅持下去？要如何突破？二〇一九年即將過去，希望二〇二〇年能有進一步的體會和發現，這是給自己期許。

二〇一九．一二．三一

耐心學習放鬆心情：二〇二〇年

一年又到盡頭，回顧過去、策勵未來，十二月中旬在一次聚會中，學生們和我各自分享代表今年及展望明年的漢字。出爐的字琳瑯滿目，代表今年的字有：變、亂、拔、悸、忐、忙、累、新、始、學、思、暖，及善；展望明年的字則是：學、察、見、信、心、水、活、優、好、安、鬆、愛、品、栽、跑，及衝。這些字背後都有每個人對於自己生命／生活的體會和想望。

今年我的代表字是「學」。學習面對疫情，從害怕到轉念感受到人性的光輝。在疫情之際，我閱讀 BBC 新聞，得知英國某個社區志工為長者送餐、募集民生必需品；追蹤了無國界醫生組織在非洲、歐洲及世界各地所做的努力；看到政府與國人齊心的努力，更感受到作為臺灣一份子的尊嚴。

學習耐心面對生活大小事，客廳天花板漏水，從五月初發現到十月底終於確定是消防管漏水。但好事總是一波三折，客廳空蕩蕩已經超過個把月了，粉塵到處飄，搞到掃地機器人昏頭轉向、精疲力竭。施工敲開的洞，水泥是回填了，不過之後的粉刷、修復天花板及貼上壁紙，確定是明年的事了。

仔細觀察每天的生活內容，睜開眼睛不外乎餵飽自己、工作、整理家務，然後上床睡覺，彷彿薛佛西斯推石上山，掉下來推回去。看到自己心情的起伏，學著從信仰中找力量、跟自己對話，從中找尋意義，漸漸懂了這才是最難且要學的功課。

展望明年，我給自己「鬆」字。肯定自己凡事認真，但也犯不著經常處在緊張的狀況。學生說我走路怎麼那麼快？不是腳力好，而是性子急。連去健身房運動都沒放鬆，想趕緊完成任務，等一下又有什麼事情待完成。過去好幾個月以來手部痠痛發麻，花了更多的時間去看醫生，真的是得不償失。

因為不能放鬆，帶來的不僅是身心的壓力，更是做事過於匆忙所致的事倍功半；事情是完成了，但考慮不周到，最終還是要修修補補。最糟糕的是養成急驚風的個性。多年來吃了許多的苦頭，到這年紀終究還是要面對這功課。

總之，許自己一個願：放鬆過日子，從走路、吃飯開始，慢慢走、細嚼慢嚥。相不相信就在前幾天，我抽了一支籤還真的叫我要緩下來，它是這麼寫的：

許多人迷信讀萬卷書行萬里路，若非有一真誠的生命，智慧的心靈為主導，讀萬卷書行萬里路，只是令人目迷五色，頭昏腦脹。

就這樣，「鬆」是我對明年的祈願，邀請大家許自己一個代表字，讓未來更好。

二〇二〇．一二．三一

從「鬆」到「整」自在回家：二〇二一年

記得今天要發願！早上我的運動手錶如是提醒，因為今天是二〇二一年的最後一天，真夠貼心。去年底，我發願今年的代表字是「鬆」字。我很努力地執行。首先是休假半年，去環島旅行、四天爬六座小百岳，好好地閱讀了一些想讀的書。幾乎把高雄師大圖書館余秋雨的著作讀了一大半。

五月中旬疫情警戒突然響起，去除了外在的活動，突然間一個人落入寂靜，整天在家煮飯，到後來有點不知所措。原本這跟鬆緊無關，但是疫情之下怎麼說都是種緊張狀態，鬆不起來。尚好還記得重新規劃下學期的幾門課，拜休假之賜，有餘裕仔細思考現今學生特性與授課主題的關係，依循具體到抽象的原則全面翻修課程。果不其然，下半年的課程變得輕鬆、有趣多了。當上課變成享受時，那滋味真美。

謝絕了諸多的邀約，生活變得更單純。只可惜個性使然，「鬆」字握太過反成「緊」字。上半年我開始上瑜伽課、學習太極拳課。面對陌生的主題，我神經緊繃很難放鬆，恰恰跟這兩項學習的意趣相違，到了下半年身體終於出狀況，腳板發炎、膝蓋也受傷。不想「食緊摔破碗」，十一月下旬只得停掉太極拳課，重新調整運動的步伐。

放鬆之後，久藏心底的經驗終於有機會探出頭。十二月間，突然很想整理自己的生命經歷，不完全是自傳，而是一篇篇散文，除了讓自己的喜怒哀樂重新找到位置外，分享開來或許會對讀者有點幫助。有了這想望，下筆如神助，竟然在幾天之內連續寫了好幾篇網誌。前不久，去了臺中大里的菩薩寺，讀到以下這段話，更肯定明年起要做這事。

不試著掩藏什麼，就讓它存在，你會得到提醒，也會得到意外的收穫。這是生命的過程。生命的過程本來就是不完滿的，差別在於我們允不允許它存在，如果你允許了，它就會有意義（註）。

深刻地體會到「允許」就是我想做的。去凝視、修復過往的經驗，讓它成為我們完整的一部分，儘管那或許是個傷痛，它會變得更有力量。用這樣的心想到就寫，明年將會是個統整的一年，從「鬆」到「整」走上自在回家的道路，相信我會更了解自己，並從中長出自他二利的新生命。心想事成，年終歲末大家記得要發願喔！

二〇二一．一二．三一

註：慧光法師，葉本殊口述；李惠真文字整理、編輯（二〇一八）。**朝一座生命的山**（頁六四—六五）。臺中市：維摩舍文教。

從「寬」到「順」：二〇二二年

「當你認真對待時間，時間也將認真以待」。過去這一年每天我撥出一點時間，在日曆紙背面留下短語，在此歲末之際抄幾則做紀念！

1. 擦亮經驗，發現過往的每一件事都是顆顆璀璨的寶石，富足不假外求。　有福之人（一月九日）
2. 只有學會自知之明，才會順勢帶出清朗的人生。　打底／基本功（一月二十日）
3. 起承轉合說來老套，卻是一條直路。　寫作（二月十四日）
4. 早早上床充電去，那是面對沒電最好的一種方式。　全台大停電（三月三日）
5. 我用教學和世界溝通。　當老師真好（三月三十日）
6. 能做的就是堅守崗位─守門，知行合一。　高等教育在崩壞（四月三日）
7. 沒想到就在兒童節，我想畫的心終於著陸了。　夢想（四月四日）
8. 教書是本業，盡力而為。　滿滿的一天（五月三日）
9. 退讓，只為造較好的緣起。　不能死在當下（五月三十一日）
10. 安靜地讀書、作畫、運動。　做自己（六月二十六日）
11. 能過簡單的生活，最好不過了。　真誠（七月十二日）
12. 成為一個心平氣和的人，對自、對他！　和解的關鍵（九月十日）

13. 埋首一筆一筆畫，與靈魂共舞。　專注無礙（九月十九日）
14. 堅定地往前走，並非無視於眼前種種，而是眼光投在遠處，所以無礙。　尺度放大（十月十一日）
15. 死亡若要是優雅的盛宴，必須在生時開始準備。　修行（十一月二日）
16. 有話要直說，才會被聽到，也才會有機會被確切地讀取。　坦誠（十一月二十五日）
17. 不是天天都有太陽曬，曬太陽要及時！　無常　感恩（十二月十一日）
18. 移動創造了跨視域的可能，不過這要有意做去，否則經常是視而不見，咫尺天涯。　宜移動（十二月二十九日）

回顧這些生活軌跡，感謝共同走過這一年的家人、友伴和學生，我們一起學佛、爬山、旅行、看電影、逛展覽且欣賞音樂會，還有在我家的溫馨小聚。沒忘記連疫情都成為聚會的主題：「口罩趴」，讓我的生活世界變得更寬廣和多彩。

去年底我許給自己「整」字，期許自己內在的統整，活得更有力量。沒想到竟然出現了「寬」字，仔細想想兩者好像沒有違背，至少我「允許」自己參與了許多有趣的事情。

一年將盡，來年的期許是「順」字，盼心平氣和能達耳順之境，果能如此，內在統整將會有望。記得新年給自己一個期許！

二〇二一・一二・三一

寬心

歸去！也無風雨也無晴

莫聽穿林打葉聲，何妨吟嘯且徐行。
竹杖芒鞋輕勝馬，誰怕？一蓑煙雨任平生。
料峭春風吹酒醒，微冷，山頭斜照卻相迎。
回首向來蕭瑟處，歸去，也無風雨也無晴。

——蘇東坡〈定風坡・莫聽穿林打葉聲〉

物我相望

春天，在有情昂首之際

春天來了
輕扣寂冷空氣，暫歇公園綠地
化身池面光影
牽引
渴望向陽的你

春天來了
穿過無邊天際，喜臨愛欲大地
找到樹幹縫隙
綻放
不經意的豔禮

春天來了
突破街道壅塞，驅散烏煙瘴氣
映蔽大廈林立
共譜
行道樹的新曲

春天來了
遮不住的心意，送來陣陣暖意
不止漫天蓋地
更在
有情昂首之際

二〇一六·三·六／三·九

行道樹心語

春花飛舞輕伸展
夏颱君臨幹受傷
秋灑果漿人忌棄
冬來葉落似枯荒

芽孢默默隨風散
挺起胸腰為向陽
人意從來常變轉
欣欣綠意待徜徉

春風滋潤枝芽醒
夏雨滌塵葉不妨
秋果紛飛詩意滲
冬陽穿透暖心央

醒來只為生機展
攜手和合庇蔭常
款款詩情人樂轉
殷殷送暖善傳揚

二〇一六．三．一一

出差苗栗偶遇桐花

五月桐花飛雪覆
奔馳高鐵未思量
出差會遇希何日
轉赴油桐盛宴鄉

短暫時分花海浴
身心頓暢意清涼
方來速去難聞到
漫步林間款款香

二〇一六．五．七

哥倆好

春風吻臉頭忽剃
失色驚慌意受傷
伯勒雨稀呼引伴
菩提同理渡津梁

哥們攜手齊奔放
嫩綠金黃再顯揚
夏至蟲鳴環樹繞
和平路上樂雙翔

——記和平路上阿伯勒與菩提樹雙雙被剃頭。

二〇一六．五．一三

雨中取景

端午晨曦喚睡蓮
忽然大雨罩荷塘
衣衫濕透難遮擋
快門連連興致昂

二〇一七・五・三一

絕響

廣廈築百千
野地成絕響
孤鳥雨中立
不作離鄉想

二〇一七・六・二

七月賞荷

田間風迎水蕩漾。
大暑過、綠盈人稀。
白河晨光泛涼意，追荷香、要趁早。
殘葉邊上詩詞連。
續尋覓、藕花招展。
大王蓮開似浴盆，載滿願、憾無遺。

二〇一八．七．八

美，在哪裡？

美，在哪裡？
彎腰低身、跌坐地面，美，綻放在雜草的生命裡
漫步古道、凝視草叢，美，駐足於綠意映照的蛛網與蜻蜓羽翼裡
書讀累了回首書架上，美，神遊在 Hello Kitty 與小沙彌的對話裡
美食當前舉箸下飯，美，卻落在貓咪徜徉餐墊的快活裡
謙卑練習
美，等在溫柔對待的生活裡

二〇一九．一一．一〇

生活自在

我的大幸福：夢想起飛

昨晚閱讀《我們的小幸福、小經濟：九個社會企業熱血追夢實戰故事》（註）內心雀躍不已。作者在每個故事後面都提出三個問題，激發讀者讓夢想發光並面對挑戰。

讀了之後，不禁反問自己：（一）「我的夢想是什麼？」猛然「大同世界」四個字跳出。當下從小熟悉的《禮運．大同篇》從心中響起：「大道之行也，天下為公，選賢與能，講信修睦……」。（二）「對於所要投入解決社會問題或服務對象，瞭解有多少？」真慚愧，夢想好大，自己卻如此渺小；要解決的社會問題太多了，服務對象寬廣，不知從何開始。接著自問：（三）「我的優勢和專長為何？」想想當教師的我，如果還有點本事就是舞文弄墨、能說善道。念頭一轉，何不因應時勢，運用網路社交軟體傳遞善行？創造充滿愛與希望的社會，讓正面的力量廣為流傳。

現代的人很容易接收到各式各樣的訊息，常常瀏覽過去就算了，如果用一點心思，體會它們善美的一面，再寫一點東西，就可以分享出去，利己又利人。還有，手機、平版照相功能使用上非常方便，如果能隨手拍照，附上幾張照片，那就更生動了！越想越有趣，把這件事情當作休閒來做，不但有意義而且輕鬆愉快，說不定還可營造成風潮，大家來拍照、寫短文，做好事呢！

想到這裡，竟然一夜睡不著，今天早上起床，這個想法在腦海中盤旋不去。很開心，終於找到自己可以下手讓夢想起飛的幸福之旅。

二〇一五・二・一〇

註：胡哲生、粱丹瓊、卓秀足、吳宗昇（二〇一三）。**我們的小幸福、小經濟：九個社會企業熱血追夢實戰故事**。臺北市：新自然主義。

刷牆壁按部就班，不孤單！

這幾天學校行政大樓的樓梯間在粉刷。上週四注意到小師傅默默地站在木梯上，仔細刷著牆面和天花板的交界處，音樂輕聲地圍繞，感覺有點孤單。漆過的部分一塊塊，對比沒漆過的，總覺得突兀。

週五，樓梯扶手全被蓋上透明的塑膠布，沒扶手可握，上下樓還有點不方便。今天塑膠布終於拆掉，才注意到扶手旁邊牆面早就漆得亮麗。還在想為何不整片牆一次粉刷完畢？不曉得什麼時候，白色牆面已經刷得蠻乾淨且均勻，看不出是分批粉刷的。不經意抬頭一看，天花板更是煥然一新。

近午時分，只見大師傅拿著長長的膠帶，沿著樓梯上下丈量，貼出一條線，最後階段要漆出咖啡色的踢腳板。

趁空檔和大師傅聊了幾句，才知道粉刷牆面是有次第的。這中間我沒看到的是，週末趁著學生們沒上學，粉刷天花板和牆面，因為怕學生聞到怪味道。扶手蓋上塑膠布，是為了防止漆掉在上面。我很笨地問：刷天花板會不會被油漆滴到？大師傅解釋：水泥漆容易乾，他們有戴帽子，儘管滴到蠻容易清洗的。

幾句話，突然幾分鐘前對著電腦煩躁的心冷卻了下來。繁瑣的事情不只有我會遇到，耐下心來，一件一件完成就不會惱人，按部就班就是了。

二〇一八・一一・一三

從隨手到順手

每次洗完澡，總會遲疑一下，是否盡快將浸泡的衣物洗淨。髒衣物雖然不會立即妨礙到我的行徑，但是一旦留待到睡眼惺忪時，那可不僅強迫我立即瞪大眼，更壞了一整天的心情，所以摸著鼻子趁清醒時，隨手將它們洗乾淨。

生活經常在微細的抉擇中上演著各種趨避衝突的戲碼，並且還真是不足為外人道也。喜歡穿棉麻衣服，卻又受不了衣服皺巴巴的我，只好耐著性子一件一件燙去。注意到有些狀況會讓自己上火，譬如：翻遍抽屜，東西不知道去哪裡了；床上堆了一堆剛晾乾的衣服，卻很想一頭倒下……，這些都讓我設法將東西收放整齊，說穿了，只因為覺察到下一刻的苦樂，所以及早調整。

由此想到，固然書到用時方恨少，沒養成習慣更糟糕。習慣從哪裡來？當然就是隨手而來。生活中，我們被教導「隨手關燈，節約能源」、「垃圾分類，隨手做環保」，乍看之下，一次、兩次沒做也沒關係。但仔細想想，做了不僅省荷包，還可幫助自己養成好習慣，為自己省更多的荷包，為地球盡一點心力。

順手把事情做好真的很重要。多少壞習慣是在不經意當中養成，明知道運動有益健康，吃飯要好好坐下來，但是明日復明日，眼前有更多的要事待辦。怎麼辦？看長遠一點，想清楚「眼前快樂、未來痛苦」和「眼前痛苦、未來快樂」哪一個比較合乎個人的利益？剛開始勉強三分反覆練習，心轉境就轉，自然水到渠成。從隨手到順手路不短，但總不能因小失大，無意間走到兵敗如山倒，所以還是要勉力而為。

二〇一九·三·一八

淋漓盡致的一天

高鐵開通這麼多年，北高一日生活圈早已不是夢想，但學期中北上開會總是來去匆匆，深怕浪費了時間。暑假心寬鬆了，前幾天剛好去教育部開會，順道去臺北植物園逛逛，應該是賞荷季節吧！小時候非常喜歡那裡，還曾經在池畔寫生。帶著期待的心情去，希望有不同的體驗。

那天陽光普照，植物園仍如往常散發著一股幽靜。走著走著，巧遇許多賞鳥人扛著望遠鏡朝同一個方向集聚。攀談之下才知剛剛有兩隻四色鳥誕生。跟著去湊熱鬧，果然小寶佇立在樹梢上，沒想到這麼容易就可捕捉到牠的身影。

近午時分太陽越來越大，我汗流浹背，小小背包竟似黏貼上身。穿過茂盛的樹林，遠遠望見記憶中的荷花池，有點失望、來遲了，就只有滿池的枯槁荷葉？還好，仍有三、兩朵晚荷從容佇立，與水芙蓉嫩綠相互為伴，脱俗而出。附近矮樹叢裡，木槿紅黃相隨、火鶴花群舞，蝸牛緩步上樹，各自上演著盛夏的派對。

走累了，開始找地方享受美食。不遠處，天壇頂棚下「蕃薯藤自然食堂」古色古香是首選。卸下背包才知汗濕全身的滋味，管不著那麼多，冷豆腐搭配海苔絲及芥末醬、現打的精力湯，加上一小碟絲瓜，熱氣消了大半。大概來來回回裝了八、九個碟子，這才驚覺時間不等人，我可是要去教育部開會。

餐廳在五樓，四樓台北當代工藝設計分館正展出一場女性藝術創作展，下樓時忍不住駐足，匆匆欣賞了部分的作品。林麗華的精靈系列，作品中流露的赤子之心非常討喜；黃裕智的金屬編織作品，看似兔子與飛鳥，細緻又輕盈極富生命力。

之後，不消多說我是如何飛快地在兩點整抵達中央聯合辦公大樓，當然又是大汗淋漓一場。幸好那天冷氣有點故障，大家在喊熱的時候，我沒什麼感覺。一場會議雖有七嘴八舌，但無大風大雨，原以為一切是如此地美好，免費賺到高北來回小遊的車資加餐費，不料會開完外面風雨交加，沒有五百萬巨傘哪管用！人到臺北車站前早已成落湯雞，立馬買了T恤和短褲。儘管如此，回到高雄喝薑茶又泡腳，真是淋漓盡致的一天。

二〇一九・七・五

呆某購屋歷險記

話說故事主角—呆某，一輩子努力讀書、工作，到了退休年紀，好不容易存了點錢，環視住家附近房子一棟棟蓋起來，驚覺竟然買不起？

難題一：那麼貴的房子到底誰買得起？

氣餒中呆某決定換個區域，並與一位年輕朋友結伴去賞屋。運氣不錯，很快地兩人看中同一棟大樓。年輕朋友決定買小房，呆某買大一點格局。由於小房不能買車位，大房可以買車位，呆某心想年紀已大，不如將車位讓給年輕朋友買，必要時就借用一下。兩人就這麼決定。過沒幾天，建商同意議定的價格，不過要簽訂「技術合約」，那是什麼？

陷阱一：都是實價登錄惹的禍?為拉抬總價，建商希望合約上呈現較高的價格，之後再與買方私下以讓利的方式，用原來談好的價格購買。

呆某還分得清楚如果同意就是欺騙國稅局，但為建商著想，倆人決定同時購買裝潢併入合約。還是年輕朋友腦袋清楚，經過仔細計算該建案的實價登錄後，發現沒有必要購買裝潢。當如是決定時，建商竟然不賣給呆某，但願意賣給年輕朋友，那又是怎麼一回事？

陷阱二：還是為了實價登錄。為讓總價高一些，小房原本的單價比較高，再加上停車位，每坪單價就更高。大房若沒加上停車位，每坪單價就降下來了。

時序過了半年，兩人不死心，從成屋看到預售屋，呆某終於看上一間位於工作地點附近的大樓。二話不說，付了二十萬訂金和建商當場議價，並借了合約書回去研讀，但是怎麼讀都覺得怪怪的。

陷阱三：合約不照預售屋買賣定型化契約規定（註一）。譬如不附平面圖（註二）、設備沒規格（註三）、平面圖出現僅供參考字樣、違約只罰買方，以及詭異的違約條款房屋和土地分開計算等。

還好，呆某讀了一輩子書對文字夠敏感，連合約書上的錯字都一併幫忙校對出來。沒想到，建商代表堅持合約書不能修改，錯字會蓋章訂正，真是秀才遇到兵？

呆某只好要求退刷二十萬，怎料建商代表竟藉口公司內部簽呈需要時間，蓄意拖延。呆某這下子從書本中驚起，決定帶律師同行，並且透過關係直接找老闆解決。

難題二：不是所有升斗小民都可找到律師和有力人士。

一場購屋歷險記至此，呆某承認這輩子書讀得不夠深廣。驚險仍在，難題有待集結眾人才能破解，不過看到陷阱不能跳進去，起碼的自保之道——溫柔處事堅定如參天古木，明辨是非開口說：不！

二〇二〇．四．一八

註一：「預售屋買賣定型化契約應登記及不得登記事項」，詳列了契約規範，如賣方違約規定、不得使用僅供參考字眼。

註二：不附平面圖，建商可視售屋情況變更房型設計。

註三：不載明設備規格，建商交屋時可以各種理由採用據稱相同等級的設備交差了事。打帶跑的建商更會因為怕將設備規格載入合約，未來設備廠商調漲價格，故不願明確記載於合約之中。

呆某購屋浮沉記

話說呆某雖然經歷購屋重重陷阱，但就是不死心，心裡想既然預售屋碰不得，那就買成屋。想購屋的心愈來愈高昂，走路、開車總會留意路旁的售屋廣告，空閒時則上網查詢新屋推出情形，甚至還會關注物價指數、疫情和房市的關係等。

說巧不巧，就在這時，呆某發現工作地點附近有一個新成屋建案，有位同事剛搬進去住。在同事的邀約下去看了幾次，越看越滿意心想這就是了，但是回家算了一下，那房子的價格只能用畢生積蓄來形容。左盤算、右思量，銀行存摺翻來覆去，還是那麼丁點錢。

實在太心動了，有同事當鄰居那可多好，未來還可以一起開個讀書會。話說新建的大樓，公設普遍不錯，一樓門廳氣派大方、沙發區舒適宜人、閱覽室散發典雅讀書氛圍、視聽室大螢幕十足吸睛，還有公共宴客廳，加上樓頂空中花園、隴被區隱約散發出的芬香。心想，這就是理想的生活空間嘛！

物體動者恆動，已經轉動的心就是這般難以遏止，於是呆某透過關係找到建商高層談價格去。顯然建商很硬，雖說有那麼一丁點關係，但傳回來的消息不很樂觀，這下逼迫呆某好好思考購屋的利弊得失。

環視現在居住的房子，仔細瞧瞧每個房間、拿起手機猛拍，自問哪個角落需要換掉？這房子光線充足，幾乎每個房間都開窗、沒有被擋，雖然不像那間新房子可以遠眺山脈蜿蜒，但是這舊房子從廚房還可看到日出；方正的格局兩者不相上下，權狀坪數沒有新房子多，但實質上室內空間比新房寬敞一些。

當然住了二十多年的房子是舊了許多，不過去年才整修過，清清爽爽真的不比新房差。比來比去，那就是公共設施的確差很多。但是加加減減，換屋多出好幾百萬，呆某自問：就是為了那些氣派十足的公設嗎？是真的需要還是想要？

打開衣櫃，裡面甚至還有從來沒穿過的新衣服，買的時候覺得光鮮亮麗，但是也沒想像的那麼實穿。在慾望的滋養中，衣服永遠少一件，當然買房子不像買衣服，但是想望的心一起還是會奮不顧身。想想後果？突然間，呆某依稀彷彿看到退休後人生：果然充分使用那些公設，但是揹著房貸哪兒都去不了。

「人兩腳、錢四腳」，老爸的遺訓浮現，一陣顫慄，呆某倒吸一口氣：何苦來哉？回頭再審視自己的存摺，夠用的了！

二〇二〇・六・七

停電過後好好充電去？

昨天（三月四日）早上五點多起床，天還在灰白之中，不過有電了。立即的反應是去將可充電的器具接上電源，之後好好洗了熱水澡，連頭髮都洗了，能量終於恢復了些。

前天晚上約六點半回到家，車開進地下停車場，緊急發電機轟隆作響。進了電梯，告示上寫著「台電供電不穩，請不要搭電梯，三樓到十六樓的緊急逃生門皆已打開」，家住高層樓的我心裡小小掙扎後，屏息繼續搭乘電梯。

進了家門心想：雖然停電，至少煤氣沒問題，先洗個澡，沒想到瓦斯是水點火的，必須有電力啟動。只好開啟充電的 LED 桌燈，放在廚房流理台上面，簡單煮了水餃充當晚餐。之後發現手機訊號變成 3G，彷彿落入與世隔絕狀態，趕緊與管理室聯絡，才知我家大樓緊急發電已經持續十個小時了，管理員還警告我不要隨便搭電梯。

回想起開車回家沿途驚險萬分的情景，沿路大部分的號誌燈都沒作用，雖然主要幹道有交通警察幫忙指揮，但是次要幹道就沒有。車駛到十字路口，我居然是第一輛車，眼看著主幹道上車子一輛接一輛呼嘯而過，若不是後面車子已經大排長龍，加上左右機車漸漸靠攏成為護法，我恐怕沒有勇氣踩上油門。無論如何，硬著頭皮我終於把車開回家。

七點半左右，我用冷水擦澡完畢。眼前外面一片漆黑，想想自己還是很慶幸，如果晚個十分鐘，整個天色就暗下來了，那更不知道會發生什麼事，因為連個路燈都沒有。

這一連串的驚嚇真是始料所未及。早上九點才開始上課，電腦和投影突然熄滅；中午去了便利商店買不到輕食，沒買飲料因覺它不能充飢，回到學校卻發現飲水機無法使用；電梯鎖住，走樓梯上研究室事小，倒是撞見廁所水龍頭不管用，因為是電動感應式的。

沒電什麼事情都做不成，中午在研究室倒頭大睡，蓄積的能量在下午的拳擊有氧運動課中又消耗殆盡，晚上八點多決定早早上床充電去。事隔兩天，此刻習慣性地打開電腦，一切又似乎大放光明。耳朵聽著童稚的《心經》唱誦聲：「心無罣礙，無罣礙故，無有恐怖」，心裡想起停電的驚嚇與不便，突覺夢想是否太多、太耗能？無常隨時會來，不是永遠有電可充。

二〇二二・三・五

話、畫憶端午

端午節是個充滿故事與記憶的日子，小時候到這時節家裡粽葉飄香。早幾天母親就會清洗、晾乾粽葉，並備妥一綑綑細繩；事先浸泡糯米、炒出豐富的餡料。好學的母親，對於粽子不同的餡料和做法都會仔細琢磨，光就米是否事先炒過就嘗試過不同的做法，只可惜當年我只顧吃沒問也沒學。

這一天，母親總不免買來桃子和李子，並說「桃仔肥，李仔瘦」，提醒我伸手之前停一下想吃哪種比較好。還有，餐桌上也會出現一些固定的菜餚，炒長豇豆和裹麵皮的炸茄子，母親會說「食茄才會鵲趒（音 tshio thiô），食豆食佮老老」（臺語），意思是吃茄子精力充沛，而吃長豆則可長壽。跟著這些俗諺長大，才知道原來這些食物都是當令的蔬果，而母親的炸茄子應該是為了引起小孩對茄子的共鳴。

現今在臺灣一年到頭都可吃到粽子，儘管如此端午節吃粽子的習俗仍在。雖然我並非特別愛粽子，偶爾也不免俗在端午節時買幾顆，感受一點過節的氛圍。相較於赴美國讀書時，有一年端午節我滿街找粽子遍尋無獲，孤寂與失落感湧上，真是很大的反差。

今天早上記憶直現，想怎樣讓端午較有味道？沒本事炊煮粽子，用畫的總可以吧！取出冰箱內的長豇豆、茄子及粽子，就這樣我聚精會神地畫了起來。不多時冷凍的粽子冒汗、疲軟，催促我下筆要快，不得已只好先將它放回冷藏室，還好長豇豆和茄子挺我過午。雖然晚一點進中餐，茄子沒來得及炸，不過它們配合度高可口沒話說，雖已變身菜餚倩影猶存，果然讓端午節多了一點味道。

二〇二一・六・三

身心安頓

如何活出生命的光彩

隨著年紀增長，「如何活出生命的光彩」變成心裡經常思索的課題。回首這一生似乎就在剎那間流逝。幼年功課至上、中壯年職場對抗、老年老當益壯，就是我的一生嗎？這一生我到底追求些什麼？驅動我前行的動力，無非是追求快樂，不要痛苦。天有不測風雲、人有旦夕禍福。不禁自問，什麼東西能讓我得到真正的快樂？

直到學佛以後，我開始有了著力點思索上述的問題。佛法中提到生命是無限的。人會死、死後會有下一生，生生相續。相續的主體是心識。有句話說：「一入識種，永為道種」，意思是說，我們的感官接收到外界刺激／訊息之後，會在意識中留下一個種子，將來有機會再遇到類似的刺激，那個種子就會發芽成長。人死後並不是意識的湮滅，即使肉體消失後，人的識種仍然會延續下來。不僅佛法上如是說，科學界也有人從事這方面的研究。

人的生命顯現出來的特性包括：生命的重複性、侷限性和可變異性。重複性明顯的就是我們的積習，非常難改，往往將我們生命侷限於一隅。不過，古往今來，許多人絕路逢生的例子說明生命是可變異的。因此，做一個決定自己命運的人是有機會的，生命還是很有希望的。

曾經讀過一句偈頌：「人若知有來春，自然留取來春穀；人若知道有來生，自然留取來生福」，提醒我要追求快樂，必須從此時此刻開始，種下好的因種，並且必須從長遠的角度看待快樂與痛苦的關係。有些事情能讓現在快樂，但不見得未來會快樂。因此，最好不要去三九九吃到飽之類的餐廳用餐。除了吃撐了對身體不好之外，吃出貪心危害更大。

話說回來，快樂有兩種——倚賴物質而得的快樂和心靈的快樂。前者是短暫的，如儘管享用美食時很快樂，但是那種快樂還是會消失的。相對地，心靈的快樂是內心自發性的一種喜悅。如幫助別人，別人高興、自己也歡喜。那種快樂除經得起時間的考驗外，還在施者與受者之間流淌，輾轉產生無限寬廣的影響。所以快樂是不假外求的。心情改變了，看到的世界也不一樣。那時候「危機」就不是「危險」而已，更是「機會」。當然，人活著需要物質的支撐，所以快樂應該是以心靈為主、物質為輔的。

談到心靈，無論是佛法的「悲、智、力」，或儒家談「智、仁、勇」，都一語道出人人皆有心靈能力。「慈悲」是善良、接納別人、待人著想及關懷別人的能力。「智慧」指正確思維觀察與抉擇的能力。「勇氣」則是持續不斷朝正確方向努力的能力。三者相輔相成。人因為有智慧而能創造發明。創造發明要有大用，發揮利己又利他的作用，則需要慈悲灌注其中。然而，智慧與慈悲的能力要充分展現，則需要勇氣去貫徹始終。

至此，「如何活出生命的光彩？」的答案浮現，就在善用三種心靈的能力—慈悲、智慧與勇氣，很歡喜在尚未步入老年之際，體會到這個道理。

二〇一五·一〇·三

珍惜每一天

上週參訪位於日本京都的佛教大學，幾度看到一張海報──一位小沙彌正在掃地，海報上的日文寫著：「珍惜每一天」。為什麼掃地是珍惜每一天？掃地是最重要的事情嗎？灑掃應對是嗎？吃飯穿衣是嗎？想想每天辛苦奔波，讓自己忙得不可開交的真的不外乎這些事情。可是……

吃飯穿衣看似稀鬆平常，但捫心自問有多少時候好好坐下來吃飯？早上匆匆忙忙吃早餐趕上班上學，中午開會配便當吃，下了班時間應該較為充裕了吧？拖著疲憊的身軀，也沒力氣好好打理晚餐，就在路上順道買些東西回家吃吧！一天之中大大小小事情多到不得了，吃完飯還有更重要的事情待辦呢！

再說灑掃應對。每天睜開眼睛，打開手機和電腦，等著的訊息不知有千百。雖說很想逐一回應，更不願意隨便按讚，但囫圇吞棗乃至匆匆略過者居多。先不說朋友的感受，紛亂思緒總在趕往下個收訊處。到底什麼時候才有閒暇好好品嚐朋友送來的祝福，體會訊息箇中的道理？

停不下來的心，一直向外追逐。此刻滿足了，但又興起下個欲望，永遠填不滿。到後來分不清楚究竟該珍惜的是什麼？看著海報上小沙彌別無所求專心一致掃地的模樣，想起師父上日下常老和尚經常提醒弟子們的一句話：「慢慢走快快到」。學學小沙彌，珍惜每一天，先掃除自己永不知足的欲求心吧！

二〇一七・七・一二

思惟穿越忙碌的迷茫

翻開行事曆，看著這兩個月填滿的行程，不禁起煩惱，好似被誰壓迫，一點不得空閒。為何會出現這種心情呢？凡夫如我，老實說，隱約中總覺得要有自己的時間，宅在家裡，才是自在！知道自己又有點卡住了。

前幾天，出差臺東訪視樂齡中心途中，不斷思索，必須在忙碌中找到意義。有思考，就有轉圜的空間，也真的如此。譬如，聽了某中心的原住民工作者一番話後，比較了解，為何該中心多年來就僅兩位教師撐著，而且都是外地的人士。想像在前不著村、後不著院的地方，沒有宗教信仰撐著，怎麼能夠長期往返平地與山巔呢？

還有，母語的使用，即便是原住民部落小學生，還是侷限在課堂中；老人家的寶貴經驗即便口述出來，錄音帶的轉譯還要等牧師有空。太多的困境，不是外人一下子可以理解的。那時我大膽建議，透過簡單的課程設計，教導小學生採訪老人家講述生命故事，不僅可讓小學生練習母語，還可打破代間隔閡並傳承部落文化等。

輔導訪視，說是為協助各中心解決問題，反而幫助自己走出困境。在微光中，我看到自己存在的意義。一方面，開闊了對於真實世界理解的角度；另方面，在人我互動中，多少貢獻於這社會。就這樣，體會到「自在」（at home）不必然要宅在家，而是要去創造一種與周遭人事地物良善的關係。

話說回來，在平常生活當中，因忙碌之故，許多事情就囫圇吞棗過去，不暇思索。最後，剩下的記憶就僅是忙與茫。心生不喜之餘，看不見經歷的每件事情對自己的意義，乃至忘記初衷。

「遭遇任何事，莫撓歡喜心；憂惱不濟事，反失諸善行」，一切時處當視為莊嚴！重新翻閱行事曆，憂惱開始散去。絕對要經常思惟，肯定所做事情的價值，否則路是走不遠的。

二〇一五・一〇・三

換個角度看生活小大事

上週三晚上洗澡洗到一半，突然聽到一聲巨響，接著水龍頭完全無法流出熱水。趕緊拭乾身體，出來才知道熱水管爆斷，水不斷地沖到地面。連忙找大樓管理員上頂樓關總開關，後來找了鄰居幫忙關了熱水器下面的水閥。慌亂中尚好找得到水電工來換了一條熱水管。

隔天一早，水閥滴水。從七點開始，我不斷地看鐘錶，到八點、八點半打電話給水電行，卻沒人接。只好下樓去問管理員。管理員告知：水閥要全關或全開就不會滴水。試了一下，果真如此，才鬆了一口氣。週六水電工來換熱水器，問他水閥滴水之事，他說：裡面還是有個地方鬆脱了。我一知半解，雖然暫時好像解決了問題。

這讓我想到許多類似的事。開車十多年，對於車子的基本構造，我仍是個大外行，只會仰賴定期保養。曾經家裡燈泡壞掉，燈罩、燈管左旋右轉就是取不下來，找人來換，一趟路材料不算，三百五十元就飛了。老實講，雖説上面的事情是身外之物，對於自己的身體狀況，我也沒深刻認識。

只知道過規律生活、吃清淡食物，其實並不了解那些飲食對自己是好的。年紀輕的時候，身體有病痛，吃藥、休息很快就復原了，雖然知道要運動，但沒運動也沒怎樣。直到有一天，跨出的步伐左右不穩、上樓梯必須握著扶手，才發現自己髖關節有問題。

或許有人會説，年紀大難免身體機能在衰退當中。是的，但自己難道不能積極一點，就只能如同換電燈泡，將自己的身體委託給醫生嗎？不得不承認這些都是後話。年少時不被教導，也不認為需要學習換燈泡，聯考不考水電常識，體育課怎麼説都是配角，更別説健康與生活常識了。

真的覺得如果辛苦讀了大半輩子的書，卻弄到手無縛雞之力，連自己都照顧不好，那豈不是白白浪費？生活原本就是一件件小事情累積出來的。從早上睜開眼睛，洗臉、刷牙、上廁所開始，到吃飯、穿衣，開車出門工作，可曾仔細了解箇中的學問？什麼是大事？跟自己切身的事情，應該不會是小事。不能再泡在抽象文字裡過日子，漠視生活種種小事，必定崩壞生命大事。

二〇一七．一二．四

修屋有感

住了將近三十年的房子，牆壁龜裂、窗檻滲水，乃至天花板漏水，一次次維修，考驗越來越大。從診斷問題、找出問題根源，到對症下藥，是精力、耐力及體力的試煉。所費不貲，更不在話下。

住了將近三十年的房子，一屋子的積累，書籍、衣物，乃至生活用品自然繁衍。儲藏室裡的物品繼續有增無減，溢出記憶。

住了六十多年的身軀，曾經活潑亂跳，步履如飛。如今像是壞損的家具，關節不靈光、消化速度變慢。維修的考驗愈來愈大，對症下藥也愈難。沒本錢捨棄舊屋買新房，認清現狀善維護，屋如此，人更是。

住了六十多年的身軀，充滿記憶，卻常常無從說起。向誰說，又如何說？寫下自己聽聽又如何？常提的多一分真實，未提的好似不曾存在。迷途的記憶，如同庫藏未用的物品，一件件曾經是人我互動中的贈與，或許也該設法找回，修補六十好幾之餘，正好成全下一個人我的遭遇。

二〇二一．一二．六

不知不覺中嫁給自己

自從那年提了兩個行李箱赴美求學，畢業後緊接著到高雄師大教書，三十多年生命的黃金歲月過去，回頭看這一切都是始料所未及。

第一次覺得嫁給自己是去美國留學一週後租了房子，買了鍋碗瓢盆，還有電視機，沒有回頭路，當時心情如過河卒子。

我成長於傳統的家庭，母親對我最大的期許是大學畢業找個對象嫁人。從小母親教導我坐有坐姿、站有站相，也喜歡將我打扮得漂漂亮亮，就是個淑女的樣子。只是我的性別一直沒有分化，這是大一時學校輔導中心測驗的結果，大學時談的幾場戀愛自然草草收場。

從小被教導好好讀書，這點我執行得很徹底。總會勉強自己睜開惺忪的眼皮，寧可趴在桌上睡著也不肯上床睡覺。就這樣我一路有努力、有庇佑，從高中到大學，即便吊車尾都上了第一志願。懷疑這輩子是否讀了太多的教科書？不過這是後話。

成長過程中練就一身考試功夫的我，生活世界並不寬廣，在家裡和哥哥弟弟相處沒覺察性別問題。或許心中那股作為人的氣質甚於一切，我愛打抱不平、直道而行，因此當後來接觸到性別議題時，自然接受，雖然會聯想到母親的教養態度，尚好社會科學訓練讓我能夠理解母親的所處的時空背景。

在美國留學時，唯一任務就是完成學業，強迫自己養成獨立人格，其他都是順帶的。心思仍如過往放在功課上，從早到晚、從冬天到夏日。儘管如此，還是談了場戀愛，但畢業前高雄師大這份工作緊追不捨，回臺後全盤地投入，生涯發展彷彿成了生存的唯一，選邊站的結果成就了奮不顧身的獨行踽踽。

一切都要自己來。看似地位崇高的大學教師，沒有理由說不會；清湯掛麵面對年長學生懷疑的眼神、發表論文緊張到咬破舌頭、買房子獨自在高雄生活、硬著頭皮清晨開車上路。人生的許多第一次仍歷歷刻劃在心底。

終於穩定下來人生已過半百，開始學習疼愛自己，那又是十年以後。現在，更怕自我懷疑、不能認清真相並掌握緣起；愛上高雄，雖不能如數家珍，然也能說出個種種。生活重心在改變當中，認真教學、放掉論文，課餘拾起畫筆，對自己有了不同的想像，當能告慰母親：我終於嫁了，給一個更好的自己。

二〇二二・〇七・五

慎獨

昨天日曆上的佳句是：「不管幾歲，一個人一定要學習獨處，這和你是單身、不婚或是否孤獨或沒有伴侶是不同的事情。」

我單身，這些年來愈發覺得獨處是門功課。工作一忙回家倒頭就睡時，獨處根本不是個問題，胸臆塞滿讓我無暇顧及這事；工作稍緩空下的時間，剛好可用來做想做的事時，這也不是個問題。單身，相對地多了許多獨處的時間和空間，看似一個人，但心不見得回到一個人身上，可能透過許多攀緣打發掉那些時間，或者搞些花樣讓空間被占滿。只有當自問：自己有限的生命要做些什麼？要活出怎麼個樣貌時，這才撞見獨處。

獨處殷殷地提醒我：人是自來自去的，雖然萬物相倚相生，但那些無論是在一個人時或處於眾人之中，碰撞出的種種火花是難以預測、有生、有滅，更無法倚賴。與其緊握那些浮木，不如回到自心上面，平息這顆紛亂的心，不能靜觀，至少持平，如此方是善待自己。

不讓心隨境轉，如同乘舟渡河，穩住舵、放寬心胸，享受旅途的風貌，這大概是慎獨的意思吧！

二〇二二．七．一七

國慶日有感

今天是國慶日，慶祝什麼呢？國泰民安？天助自助者，做為這個國家的一分子，我不能摀起眼說沒有看到社會亂象，如黨同伐異，也無法否認走過的歲月見證了這個國家的成長，雖然離理想仍有一段路。應了當年國父孫中山先生所說的：革命尚未成功，同志仍須努力。

我做了哪些努力？胸無大志的我篤信知行合一，因此立志做個好人，讓身、口、意盡量一致。從緣起點做起，盡力而為，從未忘卻大學教師的職責—教學、研究與服務。

早些年這三者將我的生活瓜分地四分五裂，三者未整合結果弄到身心俱疲，雖然事業看似做得很大。逐漸地，承認自己能力有限，將教學、研究與服務三者整合在教學實踐當中，以探究的態度從事教學，更懂得自己為何教、如何教，及教些什麼，並且寧願一門深入，不隨便答應外界的請託，如演講、諮詢及評論等。不久前決定不撰寫論文，不表示我不再從事研究，只是不將心力放在那些文本投稿、出版與計分方式的遊戲規則上，想探究與要成就的不只是一篇篇放在履歷中、書架上中的文本。

我的的確確在思考如何讓有限的這一期生命能夠持續發光發熱，但自揣並非如國慶煙火般燦爛，更不欣羨瞬間即逝，而較像是一道微光，持續地溫暖、照亮與我有緣者的相續。「相續」一詞來自佛法，是指人的心識是不斷地在延續、流動當中，隨時都可能與他人的心續交會、相互影響，之後會產生新的續流，生生不息。再說，我們也不知道哪天講了那些話，影響到那些人，人與人是息息相關的，因此與其讓這交會是偶然的、影響是雜染的，不如讓它是清澈的正能量，如實地照亮自他。

要能如此，自己的修為就很重要。回到自身做更多的學習，觀察、閱讀、思考、反省以及實踐，光這些事情就讓自己無暇做它事，也不覺得還有什麼比這事情更重要。在吃飯、穿衣，行住坐臥間，從自我要求出發，有一分就得一分，看似老套，按照次第地做去即是，能做多少算多少，心安理得，如此一來，至少會是國家社會安定的力量，堅固而有力，不會人云亦云，更不隨黨派錯亂、政權移轉，我稱這是內在革命，裡應外合，革命才有機會成功。

二〇二一・一〇・一〇

老！誠懇面對

「老」的意義

生命是許多小碎片鑲嵌起來的圖案，每一片都是自足的存在，每一片都是躍向其他部分的墊腳石。

——《老得好優雅》（頁一〇）

連續幾年我去樂齡大學授課，都告訴大哥大姊們自己也是樂齡一族了，雖說如此，必須承認面對「老」，我心裡還沒準備好。因此，這些年來心裡默默地想一定要好好規劃，但就只是這樣想，直到這兩天讀了《老得好優雅》（註）這本書才發現我更需要一些支撐的信念。

想好好過這段歲月，需要抬頭挺胸、生氣勃勃地正視每一個恐懼和希望。生命不在年紀，不在我們能巴結上多少年的壽命（頁八）。

老得好這件事情最重要的一環，或許在於體察到老是有目的的。不管生命狀態的優劣、社會資源的多寡，年老有它的道理在。生命的每一個階段都自有用意，用意不同而無高低。法國道德家朱貝爾（Joubert）說，『一個有用的生命進入黃昏期，會自備燈火。』老年照亮的，

不只是我們自己（儘管這點可能十分重要），也包括周圍的人。我們的任務是實現它。（頁九）

這段歲月給我們的禮物，不僅僅是活著的一口氣，而是活得比人生任何階段都更蓬勃的生氣。（頁十三）

咀嚼上面的文字，我忍不住放下閱讀，上臉書去繼續撰寫二十多天以來我的「超級綠行動」，去表達我熱愛地球的行動。寫到這裡，想說的不是我做了些什麼，而是我活出怎樣的生命樣貌？如何回應我存在的意義。過幾年，當我的各種角色消失、邀約不復，能驅動我，讓我還有熱情的是什麼？很高興撥開「老」的迷霧，我開始規劃「老」這件事情！

二〇一七・七・一八

註：瓊齊・諦斯特（Joan Chittister）；唐勤譯（二〇一四）。**老得好優雅**。臺北市：遠見天下文化。

輕裝上路

期末的時候，我發出豪語，希望未來幾個月內將研究室的東西去掉一半。我開始清理了，發現那不是一件容易的事情。反問自己，為何發如此的願？是力行環保嗎？不全然是，雖然會將沒用的東西轉送出去再利用。

回想過往的生命歷程，成長就是取得。一路上拼命積累東西，好書、好的文憑，買了房子，接著是更多賞心悅目的家飾。總之，一屋子滿滿的東西，尤其是書，從家裡到學校。多年前，我就開始將用不上的書轉贈給需要的人，但是書籍的數量還是有增無減。不禁懷疑，我消化得了這些書嗎？更重要的是問題：我要埋首這些書中過一生嗎？

堆積的時代告終！《老得好優雅》一書提醒，我即將抵達人生的一大轉捩點。

> 在這個階段裡，我們評估自己所知的一切事物的價值，我們為了即將到來的那個世界，尋找高於世間物質的層面。於是，這個追尋之路意味著我們將拋下積累至今的所有外在物質，以便將自身完全交付給內在自我的新生（頁一〇八—一〇九）。

是的，一次次我開始褪下過往別人看待自己，而我也如是自我看待的成功標記。現階段，最想讀的是能幫助我理解生命意義、活出生命價值的書籍。雖然過往的書協助成就了現在的我，但如同過了河、上了岸，開展在眼前的任務，需要捨棄過去成功的標準，輕裝上路，如同《論語》所說的：「老，戒之在得」。

二〇一七・八・一二

誠懇面對

明年初即將退休，知道我不延退、不兼課後，朋友總會問：那妳要做什麼？

我有許多夢想，但工作不在其中。雖然我常常不小心栽進工作，難以自拔，也不得不承認工作形塑了我的人生，為我帶來諸多存在的意義和價值，但人生不是拿來工作的，這張單程票不應僅止於此。

作為佛教徒，我最大的夢想是修行—生生增上，沒有理由延宕實現這夢想。我在二〇〇〇年開始學佛，之後沒有間斷。念死無常的道理告訴我「當下修」，我一直似懂非懂，沒認真做去。

前天，我向素英借了慧開法師的《生命是一種連續函數》(註)，她問我：怎麼對生死學有興趣了？我答：我想寫遺囑。那時用詞不夠精準，正確說法是：我想誠懇地面對這單程的生命。

二〇二三・三・二

註：釋慧開（二〇一四）。**生命是一種連續函數**。臺北市：香海文化。

清爽過一天

這兩年我經常謝絕學生和同事的晚上聚餐邀約。

知道自己貪吃幾口的後果，覺察到自己身體需求的細微變化，不吃不行，然而吃多無益。因此，我常在學生邀約時，提議不如到我家喝下午茶，絕對不是點心大餐，而是大家聚在一起分享生活點滴，反正家裡的椅子夠坐、拖鞋夠穿，省去在外面空間聚會的人聲吵雜。

晚上時間保留給自己梳洗、收拾一天剩下的事情，清清爽爽度過一天，上床之前祈求善心跟隨到夢裡，醒來善心繼續。

二〇二三・三・二六

好好活

怎樣才算老？學生答：當不再學習時。這答案出乎我意料。但事後仔細思考，有句話說：哀莫大於心死。棺材躺的是死人不是老人，所以何謂老？可能不是重點，重點是我們怎麼好好活，抱持開放的心，讓每天有活水進來，讓生命更清澈，活出意義。

回頭想自己每日的生活，吃喝拉撒睡及其他佔掉一大半，如果僅指望另一半的生活—學佛、工作、運動及休閒帶來意義，那豈非自動折壽二分之一？想到這裡，突然覺得不能大小眼，輕忽看似不起眼的行住坐臥，更聰明的作法是抱持開放的心，為它們加值。

二〇二三・四・一

定錨

人生如航船需要定錨，才不致漂流無所依。

我是有福之人，在學佛的路上一直有師法友相伴。法如一盞明燈，師指引我如何趨向光明處，友一路相隨策勵我精進。

多年來每週三次晨間視訊共學，著實在我學法的路上起了穩定的作用。為了共學，我必須事先研讀，透過研討再度串息法義，並解決心中的疑惑，彌補某些漏洞。

有了共學的輔助，生活節奏清晰、人生方向愈加明確。每次下線後更加有動力繼續航行。三人行必有我師，感謝淑娟、文秀一起同行作伴。老，不僅要有伴，更不能迷失方向。

二〇二三．四．二四

同理心

昨天補牙我提早十分鐘到。候診時，聽到黃醫師一邊看診一邊和患者（老太太）用流利的臺語閒話家常，談到現在年輕人不大會講臺語等。看診完，老太太表示不會塗藥—「清彩糊」（臺語），黃醫師連忙取出棉花棒，細心示範如何敷藥。

結束後，老太太要約下次診，特別告訴護士她眼力不佳，約診卡字要寫大一點。護士小姐很客氣地用國語回應，設法在小小的格子上寫大字，遞給老太太時還提醒是某月某日，老太太左看右看唸不出是哪一天。

說時遲，那時快，黃醫師已經去旁邊找了一張白紙，寫上約診日期交給老太太，並提醒就把這張紙放在包包裡，老太太很開心終於唸出五月十日。頓時我心裡好溫暖，人同此心、心同此理就是如此。

順道一提，一向不習慣定期檢查牙齒的我，昨天看診完很快地決定並約了下次看診日期，遇見好醫生是絕大的驅動力。

二〇一三．四．二七

生之承諾

剛剛跑步回來，能量也回來了！

傍晚時分公園裡有些熟面孔，或健走、或跑步、或拉筋等，當然還有遛狗的人、三兩聊天者。跑著跑，想知道他們為什麼固定出來運動？

多年來我已養成運動習慣，但有時一天下來體力不濟、心力又提不上來，只想躺平。那時總會自問這般勤於運動，除了「健康」，還為了什麼？

心知肚明，沒人能代替自己照顧這身體；怕哪天不能動時，後悔莫及。更怕的是那種想放棄，失去著力點的心，退轉了對於生命的承諾。

推著坐輪椅女兒的媽媽，不分晴雨總是繞行公園一圈、兩圈，毫無厭倦，相信也有一分承諾不肯輕易放棄。有這些熟面孔真好！

二〇二三・五・一

凡事豫則立

閱讀《無畏面對死亡》（註）一書，沒有把握自己能否做到，但期許在臨終的那刻，能放下貪瞋、心無罣礙，以善心與平和的心面對。

去年底，在與學生聚會中，我已囑咐琇惠和芃儀在我往生的告別式中擔任司儀，那絕非開玩笑，因為看到她們不僅讓我歡喜，更會讓我斷除瞋心。

為保護自己，如同地震急救包，近日我為自己準備一個小包包，除了放置佛像外，抄寫了一些經常念誦的經文、偈頌和咒語於小卡片上，並寫下：請在我臨終時請將之放在我看得到的地方，並為我持誦。

凡事豫則立，不希望無常到來時手足無措。真心地期勉自己好好學佛；平日多聽聞佛法、多思帷，並融入心續、實踐於生活中。

二〇二三．五．一〇

註：喇嘛梭巴仁波切著；陳易譯（二〇二一）。**無畏面對死亡**。新北市：眾生文化。

夢醒時分

每次被問到：退休後做些什麼？都讓我多想一點。

這回憶起二〇〇〇年參加某個生命成長營做的夢。夢中我想進入某個不規則形狀的建築，但是入門需要穿拖鞋。沒有拖鞋的我，只好在門外徘徊，就在附近我敲了一戶人家的門。

應門的人是彼得博士（Dr. Beder），屋子裡有他的繼女淑玲。屋子裡，包括在空氣中的所有東西都疊在一起（pile up），但不讓我討厭。他們表示沒有拖鞋，要我自己去買。彼得博士炒了飯菜給我們吃，之後出門找老婆去，淑玲也不知去向。留下我繼續找拖鞋，在建築物的東門外探頭，後來就醒了。

現實世界中，彼得博士專攻成人識讀教育，我雖未曾於他座下受教，然曾讀過他諸多論著，後來我們相識，他自稱是我的學術上的祖父（academic grandfather）。三十年來我的專長之一為成人識讀教育研究，當然這是後話。淑玲曾經是我的室友，係為婦女運動學者，研究女性主義。

經過這麼多年，這夢在許多重要時分浮現，而我仍然繼續在找拖鞋。

二〇二三．五．二五

一期一會

逝者如斯夫，不捨晝夜。這週三門課畫下休止符，其中兩門課我教授了三十年。想來不可思議，但就是發生了。其實「一期一會」時時刻刻都在發生，只是若沒重大事件我們不大會察覺。

今天的緣起很好，我們移地去木葉粗食上課。店裡標示著一行字：「讓我們重新思考吃這件事情」。木葉的粒粒多年前也曾上過成人識讀教育這門課，謝謝她今天最後帶給大家很具啟發性的分享。

「唯有了解才會關心，唯有關心才會行動，唯有行動，生命才有希望」（珍古德），從同學們的分享中我感受到這句話真實不虛，很幸運我們能夠從教與學中得到如此的回報。

課程結束了，同學散去了，一期一會持續在發生當中，把握緣起積極造善才是我的功課，回饋給自己和同學。

二〇二三・六・一五

社會支持

有擔任心理師的同學說我是社會孤立的高危險群，獨居、邁入高齡，又喜歡宅在家裡。他的擔心來自於社會孤立容易產生寂寞感導致心理疾病。

要避免社會孤立，社會支持變得很重要。社會支持有強連結和弱連結，兩者缺一不可；強連結指的是親密的親朋好友，弱連結指的是與社會資源的連結，知道如何運用社會資源。

可見社會孤立不只於高齡者。不過，高齡者如果宅在家是容易變成社會孤立者。說到此，年輕人經常譏笑的長輩圖還是有些功用的，至少知道長輩還願意且能夠與這世界互動。所以多一點包容，收到長輩問安圖回覆一下，讓長輩和這世界產生一點連結！

至於我，雖然不喜歡有事沒事敲鑼打鼓，但偶爾還是會出現在社群平台，還是會與朋友出去走走。謝謝同學的關心，若真的到那一天，我會去找他心理諮商。

二〇二三・七・一〇

未完待續，這是個值得追尋的歷程……

國家圖書館出版品預行編目（CIP）資料
熟成：65+1 的生命趣向 / 何青蓉著. -- 初版. -- 高雄市 : 麗文文化事業股份有限公司, 2024.01
面； 公分
ISBN 978-986-490-240-8 (平裝)

863.55 112020860

熟成：65+1 的生命趣向

作　　者　何青蓉
發 行 人　楊宏文
編　　輯　李麗娟
內文排版　黃士豪

出 版 者　麗文文化事業股份有限公司
802019高雄市苓雅區五福一路57號2樓之2
電話：07-2265267
傳真：07-2233073
購書專線：07-2265267轉236
E-mail：order@liwen.com.tw
LINE ID：@sxs1780d
線上購書：https://www.chuliu.com.tw/
臺北分公司　100003臺北市中正區重慶南路一段57號10樓之12
電話：02-29222396
傳真：02-29220464
法律顧問　林廷隆律師
電話：02-29658212

刷　　次　初版一刷・2024年1月
定　　價　350元
I S B N　978-986-490-240-8（平裝）

LIWEN PUBLISHER